이 책을
드립니다

DATE .  .  .

1 • 자신에게든 다른 사람에게든 이 책을 선물한다면 그 이유와 함께 마음을 꼭 글로 남겨 주세요.

2 • 선물 받으셨다면 선물해 준 분에게 꼭 물어보고 적어놔 주세요.

| 차례 |

제1장

## 생각을 드립니다

제2장

## 여유를 드립니다

제3장

## 희망을 드립니다

제4장

## 위로를 드립니다

제5장

## 사랑을 드립니다



제6장

## 감사드립니다

작가 소개

# 김황중

현재 대한민국 스포츠 아나운서다.

나름 순탄한 인생을 살아온 것 같지만 그 안에 많은 풍파가 있었다.

중학교 시절 유도 선수를 꿈꿨으나 전치 7주의 부상을 안고 반년간 재활 훈련 끝에 결국 첫 번째 꿈을 포기해야만 했다. 이후 고등학교 때부터 본격적으로 시작한 비보이의 삶도 손을 다치는 바람에 포기해야만 했다.

신체를 사용하는 일은 또 다칠 것 같아서 뒤늦게 대학교수가 되겠다는 목표로 공부를 시작했다. 특유의 독함과 운이 맞물리면서 원하는 대학에 들어갔다. 대학교 1학년 때부터 석 · 박사를 준비했지만 집안 사정이 어려워져서 장교로 군 복무를 했고 친구들은 20개월이면 다녀오는 군대에 40개월 동안 있었다.

처음에는 단순히 학비를 모으기 위해 갔던 군대가 생각보다 적성에 맞아서 직업군인을 잠깐 고려한 적도 있다. 그래서 지금도 영향이 남아 있어서 “명예롭고 헌신적인 삶이 좋다.”라고 한다면 조금 TMI일 수도.

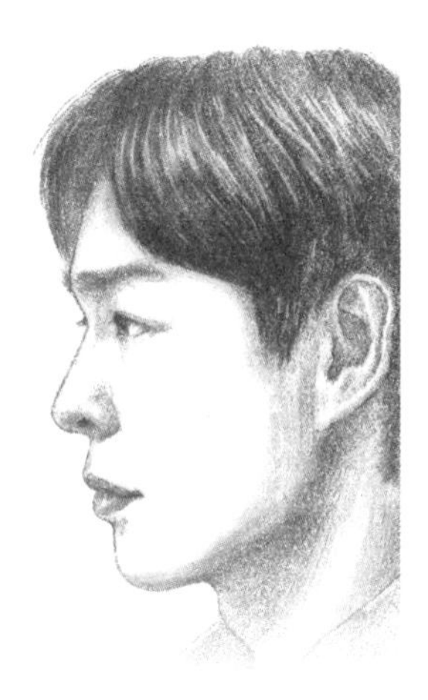

군대에서 편하게 생활했다는 얘기는 전역 후 참지 못할 것 같아 특전사 장교로 지원하여 군 생활을 했다. 군 생활 도중 육군 간부 모집 홍보 모델로 선발되어 박람회에서 사회를 보거나 홍보 영상을 찍어본 경험을 계기로 뒤늦게 아나운서라는 새로운 직업적 꿈을 얻었다. 그리고 전역 후 27살이라는 상대적으로 동료 준비생들보다 늦은 나이에 아나운서 준비를 시작했다.

서두에 말한 것처럼 현재는 대한민국 스포츠 캐스터, 아나운서다. 항상 위기 속에서 기회를 발견하며 살아왔다. 남들보다 조금 느린 걸음이었지만 멈추지 않기 위해 최선을 다해 노력해 왔다.

좌우명은 “나의 한 걸음으로, 세상은 열 걸음 발전한다.”이다. 이처럼 작은 변화로 큰 행복을 주는 것이 나의 진짜 꿈이다. 나는 이 책을 통해 한 걸음 내디뎠다. 남은 아홉 걸음은 이 글을 읽는 여러분에게 맡긴다.

## 건네는 말

지구는 약 45억 년, 우주의 나이가 약 138억 년이라고 보았을 때 인간의 수명이 계속 늘고 있다고 하지만 인간이 살아가는 과정은 우주의 시각으로 본다면 정말 찰나의 순간이라 할 수 있습니다. 그 찰나의 시간 안에도 많은 감정과 생각이 탄생하고 소멸되니 인간은 참으로 신비한 생명체입니다.

인간을 흔히 사회적인 동물이라 말하죠. 서로 상호 관계가 가능하다는 것은 결국 우리의 생각이 크게 다르지 않기 때문이라 생각합니다.

이 책을 쓴 첫 번째 이유는 이토록 짧은 인생에서 혼자라는 외로움을 느끼지 않고 끊임없는 상호작용을 하기 위해서입니다. 저는 여러분과 이야기를 나누고 싶습니다. 생각을 나누고 싶습니다. 책이라는 매개체로 소통하고자 합니다.

두 번째로 앞서 말한 것처럼 인간은 너무나 많은 생각과 감정에 휩싸여 살아갑니다. 요즘 흔히 힐링 콘텐츠로 '불멍' 혹은 '물멍'이 유행처럼 번지고 있는데 '시멍'은 어떠신가요? 단순히 읽는 행위만으로 근심을 잠시 내려놓고 온전히 현재에 집중할 수 있게 될 겁니다. 특히 '시멍'은 중국어로 喜梦[xǐmèng] 길몽. 좋은 꿈을 뜻하기도 하죠.

이 책을 읽는 여러분이 좋은 꿈을 꾸는 것처럼 걱정을 덜어 내고 행복만 가득했으면 하는 바람이 책에 고스란히 녹아 있습니다.

마지막으론
이 책을 자신에게 선물한 분들도,
지인에게 선물한 분도,
가족에게 선물한 분도,
연인에게 선물한 분도,
결국엔 사랑이 담겨 있길 소망하는 마음으로 글을 적었습니다.

"소중한 당신에게 이 책을 드립니다."

이 책을 드립니다

# 세상에서 가장 아름다운 글

세상에서 가장 아름다운 글을 쓰고 싶다
사전에서도 볼 수 없는 아름다운 단어를 사용해서
책에서도 볼 수 없던 아름다운 문장을 사용해서

한 줄을 읽는 것만으로도
아름다움 속에 빠져 헤어 나오지 못하는
그런 글을 쓰고 싶다

사전을 펼친다 책을 살핀다
그것도 안 되면 검색창이라도 열어 본다

몇 날 며칠을 고민하고 또 고민했지만
아무리 노력해도 쓸 수 없었다

너를 빼고 도무지
너 없이는 도저히

## 마음 비우기

불확실 속을 거닐고 있기에
불안감은 마땅히 흔적을 남긴다

흔적을 따라 돌고 돌아 도달했던
까마득한 어둠

벗어나려 몸부림치다
작은 빛을 보았다

정신없이 빛을 좇아가다 보니
자연스레 근심도 쫓아내 버렸다

산자락에 거미가 내리면
그림자가 드리우듯

아침이 밝아 해가 드리우면
어둠은 사라지듯

모름지기 세상의 이치는
그렇게 흘러간다

어둠이 깔려야 여명이 비칠 수 있는 것마저
세상의 이치였다.

# 빗방울

며칠째 하늘은 기지개 켤 겨를 없이
굽이굽이 굵은 땀줄기를 뿜어낸다

태양 빛 켤 겨를 없이
곱이곱이 맺힌 구름 하릴없이 떠다닌다

그리도 쏟아지던 빗줄기가
한순간 모습을 감추고

떨어졌던 빗방울은
자신의 흔적을 남기지 않았다

세상 모든 곳 사라졌지만
땅속에 스며들어 풀잎을 싹 틔우듯

내 흘린 눈물도 자국을 남기지 말고
마음속 텃밭에 언젠가 작고 여린 꽃잎이 되길

# 지하철

어디론가 나를 데려다주는 니가 좋다

명치 어디쯤을 짓누르던 돌덩이 같은 말들을
뱉지 않고 침묵해도 반겨 주는 니가 좋다

나를 실어 어디론가 데려다주는 너에게
오늘도 어제와 같이 지친 몸을 기댄다
눅눅한 마음을 눕힌다

쓰러진 나를 싣고 떠나는 너에게
별다른 말 건네지 못하고
미안해 고갤 떨군다

그렇게 또 한 번
오늘을 삼킨다.

## 포만감

감정을 배 불리고 싶다
행복이 조금 쪄도 괜찮으니

긍정과 기쁨과 희망을 듬뿍 차려 놓고

목구멍이 가득 찰 때까지
더 이상 삼키지 못하더라도

되는대로 받아먹고 싶다

그 모든 것을
게워 내지 않도록

넘치도록 살아가고 싶다.

## 끄적끄적

무슨 말로 시작할까
도무지 알 수 없어

뜻 없이 종이 위
펜을 굴려 본다

순백의 종이 위
마구 뒤흔들며

정처 없이 떠돌고
뛰놀다 어지러워

아픈 머리 부여잡고
끄적끄적

다시 글을
적는다

물끄러미 나를
바라보는 종이

애초에 없던 도착지에
도달할 리 만무하다

찍지 못한 마침표,
일단 쉼표를 걸어 본다.

# 반창고

나아라, 얼른
어서, 아물어라
아픔을 나눈다면
조금은 나아지겠지

나를 벤 칼날에
반창고를 붙인다

괜찮아, 약간
살짝, 긁혔을 뿐
시간이 지나면
나도 괜찮아지겠지

시퍼렇게 날이 선 날붙이부터
어루만져 부디 무뎌지기를

붉디붉게 묻어 난 핏방울마저
끌어안아 원컨대 묽어지기를

## 가로등

고갤 숙여
지친 길을 밝혀 주는 너는

스쳐 가는 무관심 속
우두커니 서 있었다

힐끔거린 눈길조차
받을 수 없었지만

늘 그렇듯 밝게
웃고 있었다

하루가 유독 맹렬했건만
밤은 유달리 사늘하다

솟아 나온 너의 열기로
냉담한 밤을 데운다

긴 밤 지나 해가 뜨고
또 한 번 너는 잊힌다.

## 문뜩

문뜩
느꼈다

사랑이
아프다는 것을

진통이
계속되다
무뎌진다는 것을

결국엔
서로
갈라진다는 것을

찢기고
쓰라린 것도
처음엔
사랑이었다는 것을

문뜩
알았다

그러니 모든 것을
사랑할 수 있었음을

# 웅덩이

비 그치고
웅덩이 생겼다

비추어진 거울 아래
웅크리고 들여다보니

마알갛게 드리운 하늘 속
뭉게구름 어깨춤에 걸려 있다

집으로 돌아가는 길
시름 한 점 슬그머니 던져두고

혹여나 가지 말라
웅덩이에 붙잡힐까

바짓단 부여잡고
구름 날개 달아
폴-짝 하늘로 뛰어 본다.

## 너인 줄 알았다면

바다를 거닐던 강물처럼
하늘을 뛰놀던 구름처럼
들판에 핀 꽃잎처럼

그 모든 것이 너인 줄 알았다면
강물과 구름과 꽃잎을 대할 때처럼
그렇게 너를 사랑할걸

## 사과

껍질째 들여다보고 있노라면
빨갛고 동그란 게 내 심장 같아

깎지 않고 통째로 삼킬 수 있는 네가 좋아
껍질마저 덜어 내고 싶지 않은 마음이라

이 마음 들킬까
껍질을 깎아 보지만

기찻길처럼 주-욱 늘여 놓다 보면
널 향한 내 마음 끊어질까 조마조마해

깎아 놓은 노란 동그라미
어쩐지 네 얼굴 닮은 것 같아

황금 같은 너

오늘도 눈을 뜨면
먼저 너를 찾고
너로 시작하지

몸에 좋은 아침 사과
마음에 좋은 아침의 너

## 시작이 반

모든 것이 마음먹기 달렸다는 옛말이 있다
마음만 먹으면 못 할 일이 없다
한번 먹은 마음은 나의 피와 살이 되어
소화된 이후에도 불현듯 그 맛을 떠올리게 된다

보이지 않는 길을 걷는 것처럼
처음은 누구나 불안하다
그럴 때면 일단 기차에 올라타라
기차가 어느 종착역으로든 데려다줄 것이다

내가 지금 이 글을 쓰고 있는 것처럼
여러분도 일단 시작하길
장담하건대
반 이상은 될 것이다.

대학 시절 아르바이트는 하기 싫고 돈은 필요했어요. 무엇으로 돈을 벌까 고민하던 중 체대에 다녔던 저는 전문 지식과 재능을 살려 트레이너를 하고자 했죠. 하지만 두려웠어요. 아직 학부생이고 부족함이 많다고 생각했죠. 어머니에게 조언을 구했습니다. 어머니는 "일단 붙고 생각해."라고 말씀하셨죠. 사실 그랬어요. 제가 부족하면 애초에 면접에서 뽑힐 이유가 없겠죠? 그리고 결국 트레이너로 일하게 되었습니다. 수많은 회원의 건강뿐 아니라 삶을 변화시켰고 정말 만족하며 일할 수 있었습니다.

우리는 모두 어떠한 일의 시작에 앞서 불안해하고 고민합니다. 당연하다 생각해요. 그러나 그 시간이 길어지면 점점 내가 하고자 하는 것과 멀어질 수 있습니다. 어디선가 "일단 기차에 올라타라."라는 이야기를 들은 적 있어요. 그러면 일단은 기차가 어디론가 데려다준다는 것인데요. 가끔은 '무작정'이라는 단어가 마법처럼 느껴지는 순간이 있습니다. 특히 당시에는 몰라도 먼 훗날 당시를 뒤돌아봤을 때 더욱 그렇죠.

그래서 가수 '박상철' 님의 〈무조건〉이 히트곡이 될 수 있었나 봐요. "무조건 달려갈 거야."라고 하지 않던가요? 일단 무작정, 무조건 해 봅시다. 분명 반 이상은 될 거예요.

# 피고 짐

눈부시게 피어났기에
칠흑같이 지는 것도
당연지사

깊은 기다림이 있기에
짙은 아쉬움이 있다

기다림에 걸친 설레임
아쉬움에 담긴 애틋함

설렘이 머무는 곳에서
서성이다 스치는 애틋한 기억

피어난 것도
지어간 것도
귀중히 간직할 이야기

# 한 시절

좋은 시절에 만나
같은 계절을 보내고
시간의 품 안에 머물다
보듬던 세월이 그치면

그렇게 우리의
또 한 시절이 흐른다.

# 머물렀던 사람

내게 머무른 사람은
향기가 배어 있었으면 좋겠다

떠난 후에도 향이 짙어
가는 곳마다
향기로운 사람이 될 수 있도록

내게 머무른 사람은
온기가 남아 있었으면 좋겠다

떠난 후에도 식지 않고
가는 곳마다
따스함을 전하는 사람이 될 수 있도록

내게 머무른 사람은
무게가 줄어 있었으면 좋겠다

떠난 후에도 가볍고 여려
가는 곳마다
모두가 품어 줄 수 있도록

그리고
나는 그냥

한때 머물렀던 사람으로
기억되었으면 좋겠다.

# 모정

올챙이가 우물 안에서
개구리가 되었네

우물 밖을 뛰쳐나간 개구리는
올챙이 적 생각 잊어버리고
우물 안으로 돌아오질 않네

노을이 지면 돌아오려나

바깥세상 그리 좋더냐
아무리 좋아도 혹여 지치면
초심 찾아 돌아오려무나

# 아이에게

몸과 마음을 다하여
실컷 뛰어놀아라

정성스레
세상에 대한 관심과
호기심을 가져라

근심도 걱정도 없겠지마는

하루가 다르게 자라는 너에게
조금 느려도 괜찮다고 일러 주고 싶다.

## 청년에게

너무 애쓰지 말아라
살아 있기 때문에 누릴 수 있는 행복을 좇아라

사회와 맞대어 볼 필요 없이
나음과 비교하지 말고

궁상맞은 성공 따위
모른 척 방치하고

젊음으로 받을 수 있는 축복을 누려라

청년이여
당신이 잠든 머리맡에도
온 세상이 그댈 감싸 안고 있다.

# 삶

모든 이가 받아들일 수 있도록
쉽게 쓰이어졌으나
쉬이 쓸 수 없는 것

한 글자에 빼곡히도 적어

한 호흡으로 말할 수 있지만
모두 뱉어 낼 순 없는 것

한눈에 들어오지만
전부 담아낼 수 없는 것

한 글자가 주는 진한 무게감

# 꽈배기

길 잃은 밤, 어둠으로 둘러싸인 길
멈춰 선 나를 감싸 안은 묵직한 침묵

한참을 서성이다 눈길을 사로잡은
나직한 불빛 아래 조그마한 가게 하나

뒤틀린 형태에 비꼬인 몸놀림으로
나지막이 나를 불러 세운다

토실토실 야무지게 살이 올라
얼기설기 몸을 돌리며
가닥가닥 엉겨 붙어

각각의 꼬임을 이어가며 춤을 추다
나 서 있는 자릴 향해 날아든다

인생길도 곧 다양한 꼬임
갈래길은 지름길 내지 우회로

고단히 걸었던 귀갓길에도
꽈배기처럼 바삭하고 촉촉한 삶을 희망하며
달콤한 꿈이 펼쳐졌다

한 입 베어 무니 세상이 미소 짓고
고즈넉한 밤하늘에 눈부시게 피어난 행복꽃

그 맛은 달짝지근하면서도 아련하여
언제나 마음속 모퉁이에 머물며
믿음과 소망으로 나를 안아 주네

# 달과 별 그리고 늘

오늘은 그대에게 연락할래요
달이 예뻐 전화를 준 누군가처럼
별이 눈부셔 메시지를 보낸다고

나는 달도 별도 따 줄 수 없지만
달처럼 예쁜 별처럼 빛나는 그대를
늘 사랑한다고

# 노부부의 뒷모습

우연히 길을 걷다
조심스레 걸어가는 할아버지를 보았다

할아버지가 걸어가는 방향을 보니

몇 발자국 앞서가는 할머니가 보였다

잠시 뒤를 돌아보는 할머니

손짓하는 할머니의 모습에서
서투른 표현이지만
사랑을 보았다

멀찌감치 떨어져 정성스레 뒤를 지키던 할아버지가
할머니의 부름에 발걸음을 재촉한다

종종걸음으로 할머니와 마주하더니
이내 손을 움켜잡는다
꽉 잡은 두 손 뒤로
아스팔트 위 찍힌 발자국이 보인다

동네 골목 어귀에서
노부부가 걸어온 삶의 길을 보았다.

## 나란히

문득 차디찬 공기가
깊은 잠을 깨뜨렸다

찌푸려진 이맛살
채 내려앉기 전

뒤척이다 맞닿은 온기가 스며든다
감싸 안아 토닥이는 손길이 머무른다
꿈결 따라 읊조리는 음성이 다가온다

가만히 올려다본 미소 한 자락에
안도의 숨결이 방 안에 흩어져

어느새 따스해진 공기에
이내 곧 잠이 든다.

# 해바라기

이름조차 한결같은 너는
해만 바라보면 되는 줄 알았다

바라만 보다 고갤 숙여 버린 너
아무도 들여다봐 주지 않은 탓이겠지
무관심 앞 우린 속절없음에 먹먹해진다

지쳐 버린 노란 얼굴엔
그림자가 지고

꿈쩍 않던 하늘에도
살며시 노란 노을이 진다.

## 이별 버스

종점부터 종점까지
전부 너와 함께한 기억뿐

길 위의 여행자가 되어
마지막 책장을 펼쳐 놓고

극진히 눈물을 떨군다

정류장에 홀로 널 내려 주며
남겨진 여행은 외로이 홀로

가려진 창문 틈에
가둬 놓은 내 시선이

흘러내려 새어 나와
어느새 전부 젖어 들었다

슬픔의 잉크로 쓰인 글도
찢기어진 한 장에 담겨

꾸깃꾸깃 밖으로
내던져졌다

화려함이 묻어 있는 막막함을 안고
종점을 향해 달려가는 나

그리고
우리

# 햇살이 비추는 창가에 앉아

햇살이 비추는 창가에 앉아 그댈 생각한다
갓 내린 고소한 커피 한 잔과 시 한 구절을 읊다
걷잡을 수 없이 그대가 떠오른다

의식에 형성된 모든 형상이
그대와 닮아
털어 내려 노력했는데

오늘의 햇살은
정적을 깨우는 고함과도 같다

다시 떨쳐 내려 창밖을 멀거니 바라보니
제법 계절이 지났는데도
변한 듯 변한 게 없다

유난히 햇살이 따스히 내리쬐는 오후이다
날씨가 꽤 쌀쌀한데도

커피 한 잔과 시를 맛보는 여유 있는 오후이다
삶이 이토록 바쁜데도

그대의 미소는 여전히 눈부시게 빛난다
내 곁에 없는데도

요즘은 SNS가 발달하여 이별 후에도 완전한 이별이 어렵습니다. 이별 후 잠수라는 것을 괜히 타는 게 아닌가 봐요. 일단 '인터넷부터 끊어야 하는 게 아닌가?'라는 생각이 들 정돕니다. 계속 그 사람을 외면하고 싶은데 환경이 그렇게 만들어 주질 않죠. 솔직히 말하면 환경의 탓만은 아닙니다. 이별이라는 별나라의 불문율(不文律) 같아요.

마음속 모든 형상이 그 사람으로 가득 차 있어서 괴로운 경험, 살면서 한 번씩 해 보셨죠? 그 기억은 과거의 기억일지라도 소중하고도 애틋함에 아린 기억일 거예요.

사람의 기억은 참 복잡하고도 미묘합니다. 기억하지 않으려 애써도 추억은 떠오르고, 반대로 추억하려 노력해도 기억나지 않는 순간이 찾아오죠.

오늘 제가 보내고 있는 하루가 그렇네요. 아직 봄이 찾아오지 않아 날씨는 조금 쌀쌀한데 햇살은 마치 저를 품기라도 하듯 유난히도 따스합니다. 출근 전 그 따스한 햇살을 안고 싶어 없는 시간을 쪼개어 커피를 내리고 시 한 구절을 읽는 '여유'라는 사치를 부렸습니다. 그 사람을 떠올리고자 한 일이 아니었는데 떠오르는 사람이 있네요.

한동안 끊었던 SNS를 켜 봅니다. 그 사람의 미소는 여전히 눈부시게 빛나고 있죠. 그러나 사람의 분위기 속 미묘한 차이로도 저는 느낄 수 있습니다. 그 사람도 조금은 힘들어한다는 것을요. 그리고 이제, 그토록 광휘로이 빛나던 사람은 더 이상 제 마음속에 존재하지 않는다는 것을요. 출근이 늦어졌네요. 출근해서 뭐라고 얘기해야 할까요? 가뜩이나 밀리는 출근길에 감정마저 길을 잘못 들어서 조금 늦었다고 말씀드리면 "마포대교는 무너졌냐?" 라고 하시겠죠?

## 놓쳐야 보이는 것들

간발의 차이로
버스를 놓치고

간발의 차이로
지하철도 놓치고

문뜩
꿈도 간발의 차이로 놓쳤던
그때가 떠올랐다

시작은 억울함으로
끝은 서글픔으로

깊은 수렁에 모든 감정을
안고 뛰어내렸다

한참을 그곳에서 휘감기다
힘겹게 빠져나오니
얻어 낸 것이 있더라

버스를 기다리며
풍경을 눈에 담을 수 있었다

지하철을 기다리며
책 한 줄을 읽을 수 있었다

꿈을 놓치고 새로운
희망을 품을 수 있었다

결국
놓쳐야 볼 수 있는 것이 있더라

# 봄비

기나긴 겨울을 감싸 주는
봄비가 내린다

소식 없이 찾아온
니가 좋은 이유는

홀로 집을 나섰기에
말없이 너를 끌어안을 수 있어서다

니가 온다 하여
우산과 함께 나왔다면
널 안기 위해
우산을 모른 체했을 것이다

소식 없이 찾아온
니가 좋은 이유는

펴지 않을 우산에게
미안하지 않아도 되기 때문이다

반가운 인사를 나눌 새도 없이
식지 않은 땀을 씻겨 주고 떠난 봄비

그칠 줄 알았다면

더욱 뜨겁게

온몸으로 너를 안아 볼걸

니가 떠난 후

주변을 둘러보니

니가 적신 것은 풀잎만은 아니더라

운동을 끝내고 집으로 걸어오는데 비가 내렸습니다. 일기예보에서 전하지 않았던 소식이라 우산을 챙기지 못해 온몸으로 비를 맞아야만 했죠. 보통 이런 일이 생기면 몇몇 분은 기상청을 나무라시겠지만 저는 이런 상황이 좋습니다. 인간미 있잖아요. 기술이 발달함에 따라 우리는 하늘의 뜻도 예측할 수 있는 시대를 살아가고 있습니다. 예전에는 개구리가 울면, 혹은 할머니의 무릎이 아프면 '비가 오려나 보다.'라고 생각하는 게 전부였는데 말이죠. 아마 제가 조금 더 어른이 되면 기상청을 탓하는 일들도 많이 줄어들지 않을까 생각합니다.

꽤 긴 겨울이었습니다. 제가 살고 있는 현시대는 '코로나19'라는 못된 녀석이 창궐해 세상을 갈라놓았습니다. 사람과의 소통을 단절시키고 모두를 집 안에 가둬 놓고 있죠. 요즘은 운동 가는 것도 눈치가 보입니다. 그래서 전 운동을 할 때도 방역 수칙을 철저히 지키고 있습니다. 마스크 안에 차오르는 숨을 견디며 물 한 모금도 구석에서 조심스레 마시죠. 운동이 끝나면 땀으로 젖은 몸을 씻을 겨를도 없이 황급히 헬스장을 빠져나옵니다. 그러고 나서 만난 비가 얼마나 반가웠겠습니까? 샤워를 하지 않고 나오길 잘했다는 생각마저 들 정도였습니다. 그리고 이 비와 함께 겨울도 마무리되고 코로나19도 사라졌으면 좋겠다고 생각했죠. 아마 오늘 일기예보에서 비 소식을 전해 줘서 우산을 챙겨 나왔어도 저는 우산을 펴지 않고 온몸으로 비를 반겼을 것입니다. 그러므로 애써 챙겨 나온 우산을 펴지 않아 우산이 민망하지 않아도 되니 이 또한 좋은 일이죠.

비가 그쳤습니다. 언젠가 지금의 어려움들도 그치는 날이 오겠죠? 이 어려움이 그치면 너무나 그리운 평범한 일상들, 소중한 것들에 대한 갈망을 잊지 말고 살아야겠다는 생각을 했어요. 그 생각이 저를 적셨습니다.

끝으로 고백할 게 있는데요. 사실 오늘 아침부터 무릎이 아팠었습니다. 가끔은 기상청의 기술보다 사람의 촉이 좋을 때가 있네요.

# 주식

오르고 내리고
일희일비
롤러코스터와도 같은
삶의 축소판

감성과 이성의 사이

그러나
누군가에겐
한 줄기 희망

한 줄기 희망으로 오늘을 살다.

열심히 글을 쓰다가 어머니께서 던진 한마디가 마음의 호수에 돌을 던집니다.

"주식 오른다." 파장이 엄청납니다. 예금과 적금 시대였던 저에게 '주식은 필패'라는 공식이 오랜 시간 머릿속에 자리 잡고 있었습니다. 그리고 2021년 주식 열풍이 불었습니다. 그 뜨거운 열기 속에 자연스럽게 몸을 던진 한 마리의 개미. 바로 접니다. 동학개미운동. 2020년 코로나19 확산 사태가 길어지면서 등장한 주식 시장의 신조어입니다. 국내 개인 투자자들이 기관 및 외국인에 맞선, 1894년 반외세 운동인 '동학농민운동'에 빗댄 표현이기도 합니다. 누군가에게 주식은 한 줄기 희망입니다. 나라의 경제는 항상 어렵고 특히 우리 집 경제는 유독 더 어려운, 나만 하는 듯 나만 하지 않는 고민이 '주식'이라는 해결사를 통해 풀릴 것만 같은 기분입니다.

내가 산 주식이 오르는 순간은 한없이 기쁘죠. 다음 날 내가 산 주식이 떨어지면 표정에서 바로 티가 납니다. 주변 친구들 표정 변화만 봐도 이 친구의 수익률을 예측할 수 있는 경지까지 도달하게 되었죠. 정작 주식 수익률이 표정에서 가장 잘 드러나는 게 나인 줄도 모르고.

삶은 그런 것 같아요. 일희일비할 필요 없는 것 같습니다.

주식도 지금 얼마나 오르고 얼마나 내렸는지가 중요한 것이 아니라 얼마로 팔았는지가 중요하거든요? 그리고 그것들이 모여서 얼마만큼의 이익을 얻고 이를 통해 경제적 자유를 누렸는지가 중요한 거잖아요. 그런데 맨날 주식 창만 들여다보고 있어요. 그거 열심히 본다고 주식 올라가면 24시간도 들여다볼 수 있죠. 물론 국내 주식 시장의 정규장은 평일 오전 9시부터 오후

3시 30분까지지만. 뭐 어때요. 쳐다보는 것만으로도 주식이 오르면 나머지 시간은 켜 놓고 기도라도 해 보죠, 뭐. 근데 아니잖아요.

무심코 던진 어머니의 작은 돌에 맞아 주식 개미는 시간이란 녀석을 죽였습니다. 덕분에 무심코 던진 돌에 맞은 개구리의 심정을 이해할 수 있게 되었습니다.

열심히 공부해서 나를 믿고 투자한 주식. 그냥 잘 담가 놓고 희망으로 오늘을 살아 볼래요.

## 등대

휘황찬란한 빛이 아닌
깨끗이 정돈된 담대한 빛

담담한 모습으로
밤하늘 별빛 쫓으며
외딴섬 뿌리내린
그대여

빛나는 마음으로
요란스럽지 않게
사방을 빼곡히 메운 온정

푸른 물결을 비추는
창백한 어둠 속
건져 올린
오렌지 빛깔 별 하나

저기 저 별에게조차
안정과 희망을 건네주는 등불

몸서리치는 바다와 비바람 속
자신의 빛을 뿜어내 지지 않는
눈부신 그대여

파도의 몸부림도 살기 위함이고
날씨의 말썽도 머물기 위함이다
어떠한 상황에서도
자신이 비추는 길만
바라보는 너를 보며

방황하는 우리 삶도
무력하고 고달파도

너와 같이
의연히 극복되길

# 유람

눈을 감고 의식의 물결에 배를 띄워 본다
물살이 제법 거세 노를 젓지 않아도 된다
넘실넘실 홀로 흐르고 떠다니며
또 한 번 눈을 감는다

목적지를 정해 두지 않았는데
종착지에 도달하니 신기한 노릇이다

이왕 도착했으니
그곳에 그물을 던져 본다

떠오르지 않는 생각
건져 올려 보니
간절함이더라

가끔은 떠오를 것 같은데 떠오르지 않는 생각이 있습니다. 분명 머릿속이 생각으로 가득한데 구체적으로 무엇인지 파악되지 않는 것이죠. 그럴 땐 무작정 눈을 감습니다. 그리고 의식의 흐름에 몸을 맡겨 봅니다. 여러 생각이 스쳐 지나갑니다. 그러다 어느 지점에 멈춰 서죠. 생각이 멈춘 지점을 열심히 살펴보면 저를 괴롭힌 생각의 근원이 무엇인지 찾을 수 있습니다. 오늘은 간절함이었네요. 구체적으로 목표를 이루고 싶은 간절함. 그리고 단순히 생각해 보면 이런 글을 쓰기 위한 간절함이었는지도.

고민은 많은데 구체적으로 어떤 부분이 자신을 짓누르고 있는지 잘 모르겠다면 여러분도 잠시 눈을 감아 보세요. 이는 상담학에서 '자유연상법'과 비슷한 방법입니다. 자유연상이란 마음속에 떠오르는 생각과 감정, 그리고 기억을 아무런 방해와 수정 없이 이야기하도록 하는 정신분석의 한 기법인데요. 보통 안락의자와 같은 곳에 누워 편안한 자세로 진행하며 현재의 문제와 관련된 과거의 경험이나 기억들이 자유연상을 하는 과정에서 차츰 드러나게 됩니다. 이를 통해 상담자는 내담자(상담을 받으러 온 사람)의 증상이 무의식적으로 어떤 의미를 가지고 있는지 이해하게 되죠.

사실 상담학에서는 다른 이에게 고민을 털어놓는 것만으로도, 누군가 나의 얘기를 들어 주는 것만으로도 큰 힘을 얻는다고 합니다. 오늘 나의 이야기를 들어 줄 사람이 없다면, 나의 문제를 누군가에게 밝히기 어렵다면, 또는 무엇이 문제인지 잘 모르겠다면 일단 자기 자신과 상담해 봅시다. 여러분도 먼저 눈을 감고 배를 띄워 보세요. 분명 흥미로운 유람이 될 거예요.

## 나와 같지 않기를

목표를 이루기 위해
도망치는 삶을 선택해야만 했다

선배와의 술자리를 마다했고
가족과의 대화를 미뤄 뒀고
친구의 전화를 외면했고
다가오는 너를 밀어 내야만 했다

그댄 나와 같지 않기를

나와 같이 외롭지 않기를
나와 같이 슬프지 않기를
나와 같이 힘들지 않기를

절대
나와 같지 않기를

## 흑백사진

괜찮다면 흑백의 사진 속
당신을 담고 싶다

색을 감히
상상할 수 없도록

함께 색을
채워 갈 수 있도록

아득한 불빛 속
가라앉은 어둠조차

우리를
방해할 수 없도록

빛바랜 사진 속
흑백이 아닌

모든 색을
감싸 안은 그곳에

괜찮다면 너를
담아내고 싶다.

# 작가로서

작가로서 가장 하고 싶지 않은 일은
책이라는 올가미에 그대를 가두는 일
나의 틀을 그대에게 씌우는 일

작가로서 가장 하고 싶은 일은
내 생각은 이러하니
네 생각은 어떠한지
빈 공간 서로의 이야기를 담아내는 일

그리하여 책으로 연결된 그대와 나
우리라는 단어로 정의되길

책은 인생을 살아가는 데 정말 귀중한 존재입니다. 제한된 시간을 살아가는 우리는 모든 것을 경험하지 못하기 때문에 간접적으로 누군가의 생각과 경험을 배울 수 있다는 건 큰 혜택이라 생각합니다. 저는 골프를 중계하고 있는 스포츠 캐스터입니다. 4월부터 11월까지는 골프 중계로 바빠 거의 쉬지 않고 일하죠. 대신 12월부터 3월까지는 추위로 인해 골프 경기가 없는 비시즌이에요. 그래서 1년 중 4개월이라는 꽤 많은 자유 시간이 생깁니다. 이 여유 시간에 정말 많은 책을 읽습니다. 제가 식욕, 금전욕, 물욕이 많은 편이 아닌데요. 책 욕심만 유난히 많습니다. 한번 책을 사러 가면 보통 10만 원 정도 구매합니다. 물론 사 온 책 중 다 읽지 못하고 책장에 꽂아 둔 것도 꽤 있습니다. 그러니까 욕심이라고 표현했겠죠?

보통 에세이, 시, 자기계발서 등을 좋아하는데요. 그런데 그중에서 저는 "~하지 말아라.", "~해라."라는 명령어, 혹은 강요 섞인 표현에 거부감을 많이 느끼곤 해요. 성공한 사람들이 했던 습관이나 일들이 모두에게 적용되는 것이 아니기 때문이죠.

그래서 이 책에서는 최대한 빈 공간을 넉넉히 둘 예정입니다. 책을 통해 풍부하게 생각하시고 가득히 느끼시길 원합니다.

## 휴지

거울에 묻은 먼지를 보았다
더러움을 닦아 내는 휴지이고 싶어라

식탁에 흘린 커피 자국을 보았다
실수를 닦아 내는 휴지이고 싶어라

떨어지는 그녀의 눈물을 보았다
슬픔을 닦아 내는 휴지이고 싶어라

살갗에 흐르는 피를 보았다
아픔을 닦아 내는 휴지이고 싶어라

모든 것을 내게 담아
버려질 수 있다면

이 몸이 모두 닳아
그대 곁을 떠날지라도

그댈 위해
주저 없이
쓰레기통에
몸을 던지리라

그러니 오늘도
말없이 그대에게
나를 건네리라

## 물과 같이

우연히 찾아온 너에게
너는 어떤 사람이냐 물었더니
물과 같은 사람이라 하더라

어디에나 자신의 모양을 달리해 담길 수 있고
언제나 투명해 자신의 속을 훤히 보여 줄 수 있는
물과 같은 사람이라 하더라

자유로이 흐를 수 있기에 모나지 않으며
모두에게 반드시 필요한 존재이고 싶어
물과 같은 사람이라 하더라

우리도 그렇게 물처럼 자연스럽게 흘러갔으면
너를 간직하지 않을 테니
머무르지 않고 흘러갔으면

## 그늘

평생 너의 그늘이 되지 못해도 좋다
오늘 하루만이라도 그대가 나에게 기댈 수 있다는 사실만으로
기적과도 같은 그런 일이 내게 일어난다면
당신은 오늘이라는 시절에 나를 품게 될 터이니
혹시 나를 잊는다 하여도 오늘의 나는 너의 품 어딘가에 있을 것이다

내가 너의 그늘이 되고자 했던 이유를 묻는다면
좀처럼 대답할 수가 없다

그냥 그늘이 될 수밖에 없었던 인연이었나 보다

너도 애써 그늘이 되려 하지 않았지만
당신이 나의 그늘이었던 것처럼

한 시절의 품 안에 너를 담는다

그렇게
늘

# 깨달음

기나긴 이별의 터널을 지나
아득한 세월이 흘렀지만
아직도 추억에 머무른다

깨닫는다

그것은 영원히 그리워할 시간임을
시간은 흐르는 게 아니라 머무는 것임을

# 이별

행복이 영원할 줄 알았는데
복에 겨웠던 지난날들이
해 질 녘 노을처럼 내 눈을 붉게 물들여
나 그냥 널 좀 원망하면서 살게
없었던 사랑이라 생각할래
이렇게 하지 않으면
도무지 이겨 낼 자신이 없거든

내가 너무 그리워하는 것을 그대가 안다면 그대도 편치 않겠죠? 잊을래요. 잊어야겠죠. 잊을 수 있을까요? 하루에도 수백 번 이 질문을 반복해요.

잊을래요. 너무 비겁한 방법이지만 우리의 추억을 왜곡해 봐요. 우리의 사랑이 없었던 것처럼. 추억이 없었던 것처럼. 이렇게 할 수밖에 없는 날 원망하고, 한편으로 그대를 원망하기도 하죠. 하지만 그대와 함께했던 모든 순간을 돌이키면 나는 참 많은 복을 받은 사람이라 생각해요. 과분한 사랑을 받았고 너무나 행복했으니까요.

그래도 잊어야겠죠? 찬란했던 하루도 결국 해 질 녘 노을과 함께 저물죠. 그렇기 때문에 노을이 그토록 붉은 거겠죠. 우리의 사랑처럼 말이에요. 저무는 순간마저도 붉어 아름다웠고 그래서 눈시울을 붉힐 수밖에 없었어요. 오지 않을 것 같던 어둠이 찾아오네요.

잊을 수 있을까요? 이별을 맞이한 제가 그대에게 전하지 못한 말. 그리고 이제는 전할 수 없는 말이 있어요. 아마 그대는 이미 눈치챘을 수도 있어요. 저는 당신을 미워할 수 없는 사람이라는 걸 가장 잘 아는 그대니까요.

다시 시의 첫 글자, 세로로 읽어 주세요. 진심으로 그대의 행복을 빌게요.

나는 둥글다
둥근 나이다

여기선 던져지고
저기선 굴려지고
심지어 몽둥이로
두들겨 맞기도 하지만

나는 여전히 둥글다

둥그런 지구에 터를
잡고 둥글게 살아온 인생

쟤는 발로 차고
얘는 뺨을 때려도

후에도 너희에게 나
기꺼이 기쁨이 되리

제목, 공

## 힘이 되어 주는 존재

책일 수도

음악일 수도

사람일 수도

목표일 수도

추억일 수도

셀 수도 없을 만큼 많은 것이
나를 지탱해 주고 있었다.

## 전지적 작가 시점

책을 많이 읽다 보면 그 말이 그 말 같아요. 어디선가 들어 본 듯한 이야기. 그래서 제가 아는 지인은 "이제 자기계발서와 에세이, 인문학은 손절했다." 말하더라고요. 저의 글도 마찬가지겠죠? 최대한 참신하게 생각하려 노력했는데도 쓰다 보면 그리고 읽다 보면 출처를 알 수 없는 유사함을 느끼곤 합니다.

그러나 반대로 생각해 보면 그만큼 인간이 하는 사고의 틀이 비슷하다는 거겠죠. 내가 하는 고민과 걱정, 슬픔과 기쁨마저 누구든지 경험할 수 있는 하나의 결이자 인간의 한 부분입니다. 그것을 구체적으로 어떻게 느끼는지에 대한 받아들임과 세부적인 표현이 다를 뿐이죠.

그러니 여러분도 이 책을 적어도 한 페이지라도 열어 보고 흥미를 느껴 이곳까지 도달하셨다면 이제부터는 제 글을 읽으면서 마음속으론 여러분만의 책을 써 나가시길 바랍니다.

천천히 흘러가면서 느껴지는 감정에 귀 기울여 '맞아, 바로 이거야.'라고 순응해도 좋고, '뭔 소리야.'라고 반항하여도 좋습니다. 하지만 결과적으로는 반드시 자신만의 글로 가슴에 새겨지길 바랍니다. 그래야 이 책을 드린다고 표현한 이유를 진심으로 느끼실 수 있을 테니까요.

## 도깨비

날이 좋아서
글을 쓴다

포근함을
햇살에서도
바람불때도
꽃무리에도
느낄 수 있던 어느 날

날이 좋지 않아서
글을 쓴다

차분함을
구름속에도
빗소리에도
풀잎에서도

볼 수 있던 어떤 날

날이 적당해서
글을 쓴다

평범함이
눈을감고도
숨결조차도
마음안에도

새겨진 그 순간

정말 모든 날이 좋았다.

# 아저씨

한 남자가 있어

연한 회색빛 머리
뾰족한 눈망울로
세상을 흘겨보는 아저씨

늙지도 젊지도 않은
어중간한 위치에서

삶의 짐을 둘러메고
단단히 살아가는 아저씨

변해 가는 세상
새삼 꿈을 안고
억척스레 모진 살림
헤쳐 나갈

한 남자
아저씨라 외치다

오래된 얼굴
젊은 마음으로

원빈을 닮아서 그런가
이제 나를 아저씨라 하네

## 기록

오늘 하루도 이렇게 갔다
아직 가지 않았어도
그렇게 갈 것이다

하루가 모여 한 달이 되고
한 달이 흘러 일 년이 되고
일 년이 쌓여 인생이 될 텐데

이처럼 속도 없이 하루가 갔다

너와 나를 위해
이곳에

지나가고 있는
오늘을 담는다

하지만 이 또한
한 줌의 글로 돌아갈 것이다.

# 불꽃

뜨겁게 타오르는 사랑
작심삼일 불타는 열정
심연에서 끓어오르는 화

타오르는 마음속 불꽃을 꺼뜨리자
활활 타올라 재만 남지 않도록

타오르지 않고 그 열기로 인해
따스한 사랑이 될 수 있도록

불타 버린 열정보단
같은 온도로 지속되는 온정

화(火)는 재를 남긴다
화재 신고는 119

마음속 불꽃을 꺼뜨리자

자나 깨나 불조심
꺼진 불도 다시 보자

여러분도 그런 적 있으시죠? 무언가 순간적인 끌림으로 뜨겁게 어떤 행위를 해 보신 적이요. 예전에 제가 비보이를 했었는데요. 헤드스핀을 하고 싶었어요. 머리로 물구나무도 잘 못 서는데 일단 몸을 돌리려고 하니 목을 그만 다쳐 버렸죠. 덕분에 무려 3주간 쉬었습니다.

또 매년 새해 목표 중 하나가 영어 공부였습니다. 딱 한 달 가는 것 같아요. 그래도 때론 '한 달이라도 하는 게 어디냐.'라는 생각이 들기도 합니다. 하루에 단어를 100개씩 외우려고 하거든요. 그건 3일 갑니다.

너무 뜨거운 사랑도 마찬가지겠죠. "여자 친구는 잘 만나고 있어?"라고 물어보면 매번 "헤어졌어."라고 답하는 친구 녀석이 떠오르네요. '그렇게 죽고 못 살 것 같던 커플이 하루아침에 남이 되었다고?'라는 말이 목까지 차오르지만 친구를 위해 꿀꺽 삼킵니다.

화는 말할 것도 없죠. 일단 한발 물러나서 생각해 보면 사실 크게 화낼 일이 아닌 경우가 많습니다. 그러나 그 순간은 정말 마음속 깊은 곳에서 무언가 끓어오르듯 피가 거꾸로 솟곤 하죠.

그러므로 사랑도, 일과 열정도, 마음도 뜨겁게 타오르기보단 한 걸음씩 천천히 나아가 보면 어떨까 싶네요.

# 등반

산마루 오르기 위해 노력했던 지난 시간에게
끝없는 고지를 향해 달려갔던 지난 시절에게

지금에서야 조금
미안한 마음이 들었다

잠시 멈춰
주변을 둘러보니

연초록빛 들판 위를
지르밟고 서 있는 나를 보았다

삶을 으깨어 낸 씨앗으로 피어난
들꽃 내음이 안으로 차올라

평온과 연민이
함께 북받쳐 올랐다

옆을 보니
함께 걷고 있는 친구가 보이더라

뒤를 보니
앞만 쫓던 힘겨운 이가 보이더라

위만 바라보던 삶에서

옆을 보니 아름다운 풍경이 보이더라
아래를 보니 손잡아 줄 이가 보이더라

멈춰 서야
보이는 것들이 있더라.

# 소중하지 않은 것 때문에 소중한 것을 잃지 말자

저는 20대의 3분의 1을 군대에서 보냈습니다. 학사장교로 임관하여 3년, 그리고 사관후보생 기간 4개월을 포함해서 총 3년 4개월이니까 정확히 3분의 1입니다. 장교로 임관을 결심한 이유는 크게 세 가지였습니다.

첫 번째, 대학원에 가서 계속 공부를 하고 싶었는데 집안 형편이 좋지 않았기 때문입니다. 환경만을 탓하며 꿈을 포기하고 싶지 않았습니다. 생활비와 학비를 마련해야 하는 상황에서 이왕 가는 군대, 돈을 모아서 나오면 좋겠다는 단순한 생각으로 장교 시험에 지원서를 냈었죠.

두 번째, 아버지께서 제가 장교로 군대에 가면 자랑스러울 것 같다고 말씀하셨고, 어머니께서도 그게 걱정이 덜 될 것 같다고 이야기하셨기 때문입니다. 참고로 이것은 지극히 두 분 개인의 말씀이었습니다. 제 생각에는 아버지도 원래 장교로 군대에 가려 했는데 개인적인 일로 합격하고도 임관을 못 했던 아쉬움을 자식인 제가 풀어 줬으면 하는 바람이셨던 것 같습니다. 어머니는 장교 시험 합격 이후에 들었지만 장교로 군 생활을 하는 게 더 편할 거라고 생각하셨대요. 하지만 어머니의 바람과 달리, "장교의 군 생활은 편하다."라는 사고를 가진 일부 사람들의 생각을 불식시키고자 특전사에 지원해서 군 생활을 했죠.

세 번째, 제가 인생에서 가장 중요하게 여기는 것이 사람과 경험인데요. 장교로 군 생활을 하면 일단 친구들보다 복무 기간이 두 배 더 기므로 다양한 사람들과 직무를 경험할 수 있다고 판단해서 장교로 군 입대를 결심했습니다.

서론이 굉장히 길었지만, 앞으로도 제 글에서 군 생활의 경험이 종종 나올 것 같아 미리 배경지식을 쌓는 차원에서 설명해 드렸습니다.

이제 본론입니다. 학사장교로 임관하기 위해서는 4개월간 군사훈련을 받고 일정한 시험을 통과해야 합니다. 모든 시험이 끝나면 임관 전까지 일주일 정도 되는데 그때는 정말 세상 모든 것을 다 가진 것 같습니다. 무엇보다 호랑이 같은 훈육 장교님(후보생들을 지도해 주는 선생님의 역할)들께서도 그 순간만큼은 인생을 먼저 살아간 선배로서 저희를 대해 주시죠. 하루는 밤에 불을 끄고 취침 준비를 하는데 한 훈육 장교님께서 들어오시더니 불을 켰습니다. 그동안 고생했다며 격려해 주시고 이런저런 군 생활에 필요한 조언을 해 주셨죠. 그리고 사실 꼭 해 주고 싶은 말이 있어서 오셨다고 운을 떼셨습니다. 그분은 곧 중령으로 진급을 앞두고 있었는데 군대를 다녀오신 분들은 아시겠지만 중령의 계급까지 올라가는 것은 상당히 어려운 일입니다. 그것도 모두 1차 진급. 즉, 한 번의 실패도 없이 계속 성공 가도를 달린 경우라 말할 수 있겠죠.

그러나 이처럼 승승장구하신 훈육 장교님께서 전혀 행복하지 않다는 말을 꺼내셨습니다. 이유는 이제까지 부인에게 사모님 소리를 듣게 해 주고 싶어서, 자식에게 자랑스러운 아버지가 되고 싶어서 밤낮없이 일만 해 왔는데 결국 일에만 빠져 가족을 돌보지 못했고 결실을 이뤄 낼 때쯤 이미 가족들은 모두 자신에게 등을 돌리게 되었다고 말씀하셨습니다. 결국 지금은 혼자 살고 계신다고 하셨습니다. 자신이 했던 행동이 결국 소중한 것을 잃게 만드는 계기가 되었으니 후배들은 너무 치열하게 살지 않기를 바란다는 선배의 귀중한 조언이었습니다.

우리는 성공을 위해 소중한 것들을 잊은 채 살아갑니다. 잊은 채 살아가다 보면 결국 잃게 되죠. 우리 모두 소중하지 않은 것 때문에 소중한 것을 잃는 실수는 범하지 않았으면 좋겠네요.

## 청소기

고요한 일요일 오후
어머니께서 청소기를 돌린다
청소기는 굉장한 굉음을 내며
분주히 집 안 곳곳을 헤집고 다닌다

세상은 날이 갈수록 발전하는데
우리 집 청소기 소리만 아직도
기술 발달의 혜택을 받지 못하고 요란하다
그런데 이 소음이 살아 있다는 생각을 들게끔 만든다

한동안 열심히 울어 대던 청소기가
어느덧 침묵을 유지한다
그리고 이내 마트로 장을 보러 가시겠다는
어머니의 말을 끝으로

다시 고요한 일요일 오후가 되었다
순간 이런 생각이 든다
세월이 지나 언젠가 어머니의 청소기 소리가
그리운 날이 오겠지?

오늘만큼은 살아 있음을 느낄 수 있는
요란한 일요일 오후고 싶다.

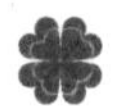

여러분은 문뜩 이런 생각 든 적 있나요? 평범해 보이던 일상에서 무언가 깊은 깨달음을 얻는 순간이요. 저는 종종 있어요. 오늘은 이런 생각이 드는데요. 다시 물어볼게요.

여러분은 문뜩 이런 생각 든 적 있나요? 항상 강해 보이시던 부모님의 뒷모습에서 나약함을 발견하는 순간이요.

저는 요리하는 어머니의 뒷모습에서, 퇴근하고 집으로 돌아와 방으로 들어가는 아버지의 뒷모습에서 가끔 느끼곤 합니다. 그리고 시간이 지난 후에야 '그것이 행복이었구나.' 알아차릴 때가 있어요. 그 시절로 시간을 되돌리고 싶어 시곗바늘을 움직여 보지만 원을 그리며 헛돌기만 하네요. 그래서 상상의 배에 몸을 싣고 미래에 잠시 다녀온 다음, 다시 타임머신을 타고 현재로 돌아왔습니다.

오늘은 어머니께서 돌리는 청소기를 빼앗아 대신 청소를 해 보면 어떨까요? 아니면 정성스레 요리해 주신 어머니를 대신해 설거지라도 해 보면요? 혼자 방에 계시는 아버지께 살짝 다가가 어깨를 주물러 드리는 것도 좋겠네요. 혹시나 지금 가족과 함께하지 못한다면 전화로도 좋아요. 그것도 어렵다면 마음으로라도 감사함을 느껴 보는 것도 괜찮습니다.

저도 오늘은 어머니의 청소기를 빼앗아 보려고요.

어이쿠, 근데 글을 쓰는 동안 어머니는 이미 청소를 끝내셨네요.

저 진짜 약속할게요. 다음에 청소기가 울기 시작하면 열 일 제쳐 놓고 달려가 어머니의 청소기를 차지하겠다고요.

그러니 여러분도 저와 약속해 주세요. 꼭 한 번은 그러겠다고요.

## 눈동자

초롱초롱 빛나는 별에
세월이 내려

초점을 잃은 눈망울

빤히 들여다보니
어느덧 이슬이 맺혔다

그 갈색 눈 안에는
항상 내가 있었다

태어난 이후 처음이었다

이렇게 오랫동안
엄마의 눈동자를 바라본 것은

## 사랑할 수밖에 없는 이유들

너를 처음 본 그곳이 소란했던 이유는
어쩌면 내 심장 소리 때문이었을지도

멈춘 시간 속 홀로 움직이는 너는
자연의 섭리를 거슬러

호기심과 두려움이 공존하는 내게
용기라는 씨앗을 심어 사랑의 꽃을 피워 냈다

한없이 작고 순수한 네게
어리숙해 말 못 하고
소중하여 다루지 못했다

그렇게 나답지 않게
너를 사랑하는데

그 모습이 어쩌면 가장
나다운 것인지도 모르겠다

매번 한걸음에 달려와 미소로
우주를 밝혔던 너를 사랑하는 이유

구태여 말하자면
내리 보고 있노라면

너를 사랑하지 않을 이유가
단 한 가지도 없었음을

## 진심

"헤어지자."

달이 지구를 떠나려 합니다

1년에 3.8cm씩 떨어져
15억 년 후엔 이별한답니다

그때 우리

헤어집시다.

# 낮잠

아무 말 없이
책상에 풀썩 엎드려
우수의 찬 눈빛으로
살갗을 바라보다

얌전히 눈을 감으니
하얗고 선명한 오후
눈을 붙여도 하얀 어둠이다
눈 내린 시골 겨울밤이 보여

고갤 돌려 눈을 덮고
깊은 어둠에 나를 담가 본다
똑똑히 기억나진 않지만
좋은 꿈을 꾼 것 같다.

# 커피

커피 한 모금의 힘으로 써진 글이 있다
식어 버린 아메리카노 한 잔에 담긴 삶의 고뇌가
쓰디쓴 오후를 적신다

커피와 삶의 공통점은
급히 다가가다
누구나 한 번쯤
데어 본 적이 있다는 것

결국 시간이 흘러야 향은 짙어지더라

한 모금만으로 완성된 인생도 있음 좋으련만
그런 인생은 어디에도 없기에 글로 대신 전한다

빈 종이에 글을 채워 넣듯
또다시 빈 잔에 커피를 붓는다

향기로 방 안을 가득 메우기 위해
식길 기다렸는지도 모른다

어느덧 빈 종이도 가득 찼다
배도 잔뜩 찼다

이제 비어 있는
마음만 채우면 되려나 보다.

# 장미

길가에 피어 있는 5월의 장미를 보았는가

우연히 길을 걷다 마주친
친구처럼 반갑다

한데 자세히 보니
가시가 있더라

아름답기에 더욱 돋보이는 툭 튀어나온 가시
장미의 가시라고 가시이고 싶을까

5월이 지나면 지는 장미이기에 이토록 아름답고
가시는 그토록 날이 서 있나 보다

모든 원망을 가시에게 늘어놓는다
가시의 날카로움은 나로 인한 것

5월을 기다려 본다
장미가 아니라 가시를 기다려 본다
못다 한 이야기를 나누기 위해
너를 기다려 본다

가시야
너도 참 고생이 많다.

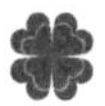

살아가면서 정말 아름다운 사람인데 가시가 돋아 있는 모습을 본 적이 있습니다. 보통 성격, 혹은 말투겠지요? 처음에는 저 역시 사람인지라 기분이 좋지 않았습니다. '도대체 저 사람은 왜 이렇게 모난 거지?'

그러던 중 우연히 "장미같이 아름다운 꽃에 가시가 있다고 생각하지 말고 이토록 가시가 많은 나무에 장미같이 아름다운 꽃이 피었다고 생각하라. 장미는 꽃에서 향기가 나는 게 아니라 가시에서 향기가 난다."라는 정호승 시인의 〈가시〉의 한 구절을 읽었습니다. 그 구절을 보고 처음으로 가시를 이해하게 되었습니다.

사람의 가시도 그가 너무나 아름다웠기에 자신을 보호하고자 생겼을 겁니다. 아마 많은 오해와 상처가 그의 가시를 만들었겠죠. 제가 또다시 가시를 원망한다면 그의 가시는 더욱 날카로워질 것입니다. 전 이제 그러지 않으려 노력하려고요. 그의 가시에서 그가 살아온 향기를 느껴 보려 합니다.

## 채움

하나를 채운다

이 글로 한 장을
또 한 번 채운다

너의 오늘은 무엇으로 채웠을까
나로 채웠으면 좋겠다.

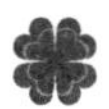

누군가의 하루가 궁금한 순간이 있죠. 그 사람은 잘 지내고 있을까? 지금 무엇을 하고 있을까? 이런 생각이 나에게 찾아올 때면 그 사람도 오늘만큼은 내 생각으로 하루를 채웠으면 좋겠다는 생각이 듭니다. 여러분도 그런 사람이 있으신가요?

저는 지금 여러분의 하루가 궁금합니다. 그리고 여러분도 오늘은 이 글과 함께 하루를 채울 수 있으셨으면 좋겠습니다.

# 글

아름다운 글은 무엇인가?
나는 마침표와 쉼표,
또 물음표와 느낌표를
적절히 사용한 글이라 생각한다!

그러나 우리는
인생이라는 긴 글에서
조급히 마침표만
찍으려 한다

쉼표를 찍고 불안해한다
물음표를 던질 시간조차 없다
던진 물음표가 없으니
느낌표를 볼 수 없다

고난이라는
느낌표가 박힐 때는
갈피를 잡지 못하고
옴짝달싹 못 한다

그런데도 도장을 찍듯
마침표부터 찍어 낸다

때론 쉼표가 필요하다
물음표도 걸 줄 알아야 한다
그리고 느낌표를 얻어야 한다
그 뒤 마침표를 찍자.

아름다운 글이 다양한 기호의 활용이라 주장했으니 위에서 ?,!.를 모두 사용해 봤어요. 인생의 아름다움도 삶의 여러 기호에서, 때론 기로에서 탄생합니다. 그러니 마침표부터 찍고자 아등바등할 필요가 없습니다. 잠깐의 쉼표, 나아가는 방향에 대한 물음표? 거기에 확신이 담긴 느낌표! 그러고 나서 마침표를 찍어도 충분합니다.

## 새벽 공기

새벽을 누리자
공기가 온몸을 덮는다

채워 갈 하루가 있기에
아직 채워지지 않은 오늘이기에

유달리 신선하고 가벼운 아침
새벽의 공기

인생도 채워 갈 부분투성인데
왜 삶은 그토록 무겁게만 느껴질까

생각해 보면 어린 시절
나는 새벽을 느끼는 지금과 같았고

생각해 보면
내 삶의 밤은 아직도 멀었다.

## 원룸

방 한 칸에 담긴 소망
한 줄기 빛으로도
방 안을 가득 메울 수 있는
좁기에 넉넉한 공간

애처롭게 나를 바라보는 이들도
가지지 못한 벅찬 설렘과
애달픈 처지이나 잠 못 이루고
이루려는 꿈들로 남부럽지 않은 살림

기백을 반찬 삼아 든든하게
마음 한 술 크게 떠먹고
방구석 한편 몸을 구기어
다독이던 그때의 나

여린 마음
열린 생각
어렸지만 가장
어른이던 그 시절

# 종

나를 쳐라

이 내 고통이
이 내 울림이

그대에게
닿을 수 있다면

그대에게 간직되어
아련하게 울릴 수 있다면

들어온 짐을 내려놓고
나를 두드림으로써

가던 길을 멈추어
잠시 쉬어 간다면

풀잎을 휘감아
나무를 흔들며

산바람을 타고
숲을 뒤덮는

청량한 울부짖음을
간곡히 내기 위해

얼마든지 나를 두들겨 패라
실컷 때려 주어라

쇳소리에 담긴 절규일지라도
금속의 강인함으로

이제 자릴 털고 일어나
힘차게 나아가자

맹렬한 불 위 녹여진 쇠붙이가
용기와 인내를 머금고

종으로 회생했다
주인이 아닌 종으로 태어났다

가혹한 이 세상 울림으로 새겨진
철붙이 소년의 마음으로 시를 보내 본다

무한한 울림으로 지속되어
그대의 삶과 함께하길 바라 본다.

# 571 버스

기나긴 십여 분이 흘러
기다리던 버스가 도착했다

한적한 오후 버스 안에는
어르신들이 가득했다

구석구석 빈자리가 보였지만
그래도 가득 찬 느낌이었다

귀퉁이,
무거운 몸을 내려놓고 주변을 둘러보니
저마다 창밖을 보고 계셨다

도심 속 흩어진 삶의 조각들을
정성스레 하나씩 맞추는 모습이
애잔하기도 애틋하기도 하였다

살아가며 지어 온 삶의 무게와
저마다의 사연을 싣고 가는
달리는 버스 안

기다림의 십여 분은 길었으나
도착까지 한 시간은 짧게만 느껴졌다.

무엇인가 갈구하며 달려온 인생이 그렇습니다. 기다림은 항상 길게만 느껴지는데 목표를 이루면 지나온 과정들이 참 짧게 느껴지죠. 그래서 지나온 삶이 애잔하기도 하고 노력해 온 과거의 내 모습에서 애틋함을 느끼기도 합니다. 분명 한적한 오후였는데 버스 안이 가득 차 보였던 것은 어르신들이 짊어지고 온 삶의 무게를 느꼈기 때문인지도 모르겠네요.

# 할까와 말까

할까는 결과를 두려워하고
말까는 후회를 무서워한다

결과는 좋은 녀석과 나쁜 녀석이 있지만
후회는 좋은 녀석이 없다

하자
하지 않고 후회하기보단

나쁜 결과도 세월이 지나면
철이 들어 좋아지더라

# 색칠

수많은 색 중에
무엇을 칠해야 할까

하나를 고르기 어려워
겹겹이 발라 낸다

돌이키면 저마다의 이유로 올린 색들이
어지럽게 수북이 쌓여 있다

모두 엎고 새로이 시작하려 해도
이미 일신에 배어 있더라

흉함을 무릅쓰고
막상 완성해 보니

둘도 없는 독보적 걸작이었다.

삶은 색을 칠하는 과정이라 생각합니다. 자신만의 다양한 경험을 토대로 색을 겹겹이 쌓아 가죠. 당시에는 꼭 필요했던 선택도 시간이 지나면 왜 그런 판단을 내렸는지 때론 후회와 아쉬움이 남기도 합니다. 처음부터 다시 시작하고 싶다는 생각도 들지만 대부분 그런 생각이 들 때는 이미 다양한 경험이 내 삶에 스며든 뒤입니다.

굳이 새롭게 시작할 필요는 없습니다. 이미 여러분이 살아온 인생은, 여러분이 칠해 온 색은 그 누구도 흉내 낼 수 없는 오직 여러분만의 것이니깐요.

그 자체로 독보적인 걸작입니다.

## 산모의 진통

삶의 기적이 하늘에서 내려와
거룩하게 배에 몸을 싣고

차례에 따라 조금씩
부풀어 오르는 생명의 팽창

다가오는 종착지
탄생의 근원지

기원은 통증에서부터

시작과 끝이 맞닿은 수평선 너머
어슴푸레 나타난 산어귀

아픔이 짙어질수록
삶은 진해진다

뿌리는 통증에서부터

진통 끝에 태어난 아이는
엄마의 고통에 통곡하고

아이의 고동 소리가
새로운 출항을 알린다

태초의 시작은 통증에서부터

# 생애

위대하지 않은 사랑이 어디 있을까
비참하지 않은 이별이 어디 있을까
존재하지 않는 희망이 어디 있을까
실수하지 않는 도전이 어디 있을까
소중하지 않은 노력이 어디 있을까
아름답지 않은 인생이 어디 있을까

세상 어디에나 있지만
어디에도 없을 수 있는 것

생애란 살아 있는 한평생의 기간을 뜻합니다. 삶은 어디에나 존재하고 어디에도 존재하지 않을 수 있죠.

첫 시작은 사랑인 것 같아요. 갓난아기 때는 부모님을 사랑하고, 배가 고프면 먹고 싶은 음식을 사랑하고, 커 가면서 내가 가지고 싶은 물건, 혹은 꿈과 직업, 그 이후 애인, 나아가 배우자와 자녀까지. 결국 모두의 사랑은 발전해 가며 위대해집니다. 위대한 만큼 모두의 이별 역시 비참하죠.

그러나 그 속에서도 희망은 언제나 존재하기에 희망이란 이름으로 불릴 수 있고, 희망이 있기에 우린 매 순간 도전합니다. 모든 도전 안에는 실수도 생기기 마련이죠. 그러므로 실수를 최소화하기 위해 우린 노력이란 것을 합니다. 결국 우리의 인생은 이처럼 유기적으로 연결되어 아름다움을 이룹니다. 이러한 생각을 가지고 산다면 우리의 생애는 항상 세상 어디에나 존재할 것이며, 그렇지 않다면 우리의 인생은 우리의 것이 아닌 채로 흘러가 어디에도 존재하지 않는다고 할 수 있겠죠. 그게 바로 한평생의 기간, 생애 아닐까요?

## 내가 지은 시야

내가 지은 시야,
감정의 눈으로 담아낸 세계
색다른 풍경과 남다른 생각으로
영원할 영혼을 이곳에 새기네

언제나 변하는 세상을
돌아서면 깜빡할 생각을
내면의 가공을 통해
이생을 살았다 방명록 남기네

지나쳐 가던 모든 것에서
아름다움을 건져 내
지쳐 가는 모든 이의
개어짐을 소망하네

죽음과 삶
희망과 절망
남김없이 감내하며
결국엔 나아가네

내가 지은 시야,
삶의 작품이며 미래의 꿈으로
때로는 어둡고 어려워도
그 안에서 각자의 빛을 발견하리라

## 여름 산

쏴아–
시원하게 쏟아지는 여름비

굽이치는 능선 따라
산 둘레 멀겋게
구름꽃 피워 오른다

산안개 나릿나릿
눈꽃처럼 얹혀
구름 서린 눈밭

나뭇잎 사이사이
사르르 잠시 앉아
구순히 숨 고르다
잔잔히 먹히고 만다

비 무리 떠난 뒤
노루막이 느지막이
민얼굴 드러낸
여름 산 풍경

# 샤워

온몸을 씻어 내는 일
지난 삶을 벗겨 내는 일

마음이 새는 것을 그치지 못해
군데군데 지어진 얼룩이여

가슴이 타들어 가 남긴 재로
검게 그을린 자국이여

생각의 찌꺼기로 오랜 시간 들러붙어
잘 지워지지 않는 찌든 때조차도

소나기처럼 뿜어 내리는 물줄기로
씻어 내고 벗겨 내 본다

거품 내어 구석구석
전신을 닦아 내 본다

가볍게 씻어 냄으로써
나를 지워 내 본다.

# 하나씩 하나씩

창고
언젠가 쓸지 모른다는 생각에
쌓아 온 것들이 많더라

냉장고
언젠가 먹을지 모른다는 생각에
버리지 못한 것들이 많더라

비워 내지 못한 것들로 인해
새로운 것들을 채워 가지 못했더라

버릴 때 버릴 줄 알아야
상하지 않게 되더라

관계
놓을 줄 알아야 하는 순간도
찾아오더라

# 대비

산은 높지만
구름이 낮다

골짜기는 깊지만
시냇물은 얕다

추억은 많지만
기억은 적다

인생은 길지만
인연은 짧다

나는 있지만
너는 없다.

# 뒤틀림

무엇을 위해
우린 그토록
진심이었을까

한 번의 파장이 만든
마음의 균열

한순간의
뒤틀림

깊이 있는 사이에서
남 이상의 남이 된다

일도
우정도
사랑도
예외 없이

물처럼 잡을 수 없는 일이 있다
바람처럼 스쳐 가는 우정이 있다
불꽃처럼 타 버린 사랑이 있다

혹여나 우리 다시 만나더라도
이번 생엔 그저 바라만 보길

그리고
다음 생엔
우리 조금 더 단단해지길

어떠한 관계가 끝을 맺기까지는 정말 한순간이었던 것 같아요. 간절히 바라던 일도, 정말 친했던 사이도, 세상에 오직 그 사람뿐인 것 같던 사랑도 갑작스레 식어 버리는 경우가 있죠. 정말 소중했던 것들이 세월과 현실에 부딪혀 생판 없었던 것이 되는 경우 말입니다.

일과 우정, 사랑. 관계의 손실은 특별한 이유가 있어서가 아닙니다. 오히려 이유가 없기 때문에 남이 되는 것입니다. 그 일을 해야 할, 그리고 인연을 유지할 이유 말이죠.

이유를 찾지 못해서 손실된 관계가 있다면 굳이 회복하려 노력할 필요는 없을 것 같습니다. 그러나 놓치고 싶지 않다면, 계속 그것을 유지하고 싶다면 이유를 만들어야만 합니다. 뒤틀리지 않도록요.

## 침묵

그리움의 그림자가 드리울 때면
보고 싶다 말 못 하고 꿀꺽 삼켜 버린다

이 말은 발이 없어 천 리를 못 가고
가는 말이 고와도 오는 말은 곱지 않을 수 있기에

그렇게 자취를 감춰 버렸다

낮말을 듣는 새는 잠들었고
밤말을 듣는 쥐는 죽어 버렸다

삼킨 말은 씨가 되어
내 마음속 깊은 곳 꽃을 피운다

결국 그리되었다.

## 짐작

그럴 거야
내 말이 맞지

그럴 줄 알았어
역시

빗대어 판단하는 일
말뜻을 해석하는 일
기준으로 규정하는 일

영혼조차 가두는 일

묶어 놓은 인식의 짐짝이
잔뜩

그러나, 표현하지 않으면
아니, 해 주지 않으면

나 또한
그럴 수밖에 없다.

사람 속은 당사자가 아니면 모르는 거죠. 서로를 잘 안다고 생각하는 사이에서 특히 말하지 않음으로써 오해가 시작됩니다. 나도 상대도 지레짐작하지 않도록 의사를 명확히 밝혀야 합니다. 그래야 불필요한 오해가 소중한 관계를 잡아먹는 일을 막아 낼 수 있습니다.

# 또 비가 내린다

내딛는 발걸음마다
젖은 거릴 거닐며
도시의 적막함을 쓸어 담는다

지금은 잠시 그쳤지만
이내 다시 쏟아질 것 같은 불안한 하늘 아래
사람들은 저마다 조급히 발걸음을 옮긴다

꽤 오래 내린 것 같은
비는 아직 그칠 줄 모르고
맑은 하늘을 연모할 무렵

지하철 안
신문을 보니

어제는 화창했다 한다
오랜만에 내리는 반가운 비라 한다

한동안 내 마음은
오늘과 같은 비가 내렸었다.

# 변화

지친 하루의 끝자락
추억에 몸을 기댄다

시간이 흘러간다는 것은
잃어 가는 게 많다는 것

어린 시절 순수했던 사랑
대가를 바라지 않던 인간관계
영원하리라 자만했던 건강한 신체

우리는 잃어 가기 때문에
소중함을 배우는 건지도 모르겠다

익숙함에 속아 변화를 두려워하는 나를
이별을 알아 시작을 멀리했던 나를

벗어나려 발버둥 칠수록
멈춰 있는 나와 마주한다

세상 모든 것이 변한다는데

나의 부족함만 변하지 않는다.

# 이별 후 시간

세상이 멈췄다
춤추었던 세상이
적막의 막을 올리다

멈춰 버린 도시에
생각도 머무른다

오지 않는 연락을 기다린다
전할 수 없는 편지를 적어 본다

진짜 이별은 너와 하는 것이 아니라
사랑했던 시절과의 이별이더라

이별의 결실이 무슨 소용이랴
눈물을 머금고 자란 열매가
어찌 달콤할 수 있으랴

문뜩 이런 생각이 들었습니다. 성장하려거든 이별하자. 이별 후에 시간은 멈춰 버리죠. 노래를 들어도, 책을 읽어도, 영화를 봐도, 운동을 해도 시간이 참 안 가요. "시간 정말 빠르다."라는 이야기를 입에 달고 살던 제게 찾아온 마법과도 같은 일이었습니다. 하지만 그런 이별도 언젠가 극복될 겁니다. 이별을 지운다기보다 가슴 한편에 묻어 두겠죠. "신이 주신 가장 큰 선물은 '망각'이다."라는 이야기를 들은 적이 있는데, 정답인 것 같아요. 결국 시간이 약인 것 같아요.

참고로 저는 이별 후 했던 일들이 유난히 결과가 좋았어요. 시간이 천천히 흐르기에 이별의 통증을 잊고자 일에 집중하면 남들보다 적어도 시간을 두 배 이상 활용할 수 있다고 장담합니다. 그러나 그렇다고 이별하고 싶은 사람은 당연히 없겠죠. 또한 위에서 언급한 것처럼 일단 시간이 조금 흐른 이후에 마음을 추스른 뒤 성장도 가능합니다.

우리는 살아가면서 좋든 싫든 많은 이별을 합니다. 대표적으로는 사랑과의 이별인데요. 모든 것이 사랑과의 이별로 귀결된다고 생각해요. 사랑하는 일, 사랑하는 꿈, 사랑하는 가족, 사랑하는 자신 등 참 다양한 것과 우리는 이별하며 살아가고 있습니다.

운동과 연결해서 생각해 봐도 근육 운동은 할수록 적응되며 성장하는데, 왜 이별은 하면 할수록 더욱 아플까요? 적응될 법도 한데 새삼 매번 힘들어요. 근데 생각해 보면 근육 운동도 할수록 적응되긴 하지만 근육통은 한결같이 있더라고요. 초등학교 5학년 때부터 웨이트 트레이닝을 시작해서 20년째 운동하고 있습니다만 아직도 운동 후 다음 날에는 몸을 못 움직일 정도의 근육통을 느끼곤 합니다. 아마 이별도 근육통이 있는 것 같아요. 운동하는 분들은 근육통이 있어야 근육이 성장하고 있다고 생각합니다. 이별의 통증도 분명 아픈 만큼 더 성장할 거예요. 이별 직후 세상 모든 것이 부정적으로 보일 수 있지만 이 또한 스치듯 지나갈 테니 우리 함께 힘내 봅시다.

## 오해에서 이해

미안해 오해해서
돌아보니 그럴 일이 아니었네
단지 오만한 내 집착이었어

너는 너대로 힘들었겠다
내 마음은 사랑뿐이면서
그런 널 이해하지 못했어

유난히 구름이 선명히도 새하얗게 뜬
그날조차 마음 한구석에 먹구름이 있었나 봐

그날의 내가 밉다
이해해 주길 바라는 내가 참 밉다.

5-3=2죠. 누구나 아는 상식이지만 '오'해에서도 '세' 가지만 덜어 내면 '이'해가 가능하다는 것 알고 계셨나요?

1. 애당초 쌓여 있는 부정적인 감정을 줄여 내고

2. 나의 기준으로 해석하는 것을 덜어 내고

3. 이 모든 것을 망상하지 말 것

결국 개입되는 감정을 최소화하고 "내가 무조건 맞다."라는 오만을 내려놓은 뒤 없는 사실을 상상하지 않고 있는 그대로 바라보는 것. 오해에서 이해는 삼 해(害: 해칠 해), 3가지 해로운 것만 빼내 보면 간단히 해결됩니다.

오해한 내가 밉습니다. 그리고 그때의 나를 이해해 주길 원했던 당시의 나는 더 밉죠. 앞으로는 나를 미워할 일을 줄여 나갈 수 있도록 상황과 사람에 대해 이해하도록 노력해야겠습니다.

## 다가오지 마요

그대 내게 다가오지 마요
나라는 사람이 궁금해도
허울뿐일 수 있으니
굳이 알아 가려 하지 마요

그대 내게 다가오지 마요
커다란 기대가
실망을 낳을 수 있으니
괜히 내게 기대려 하지 마요

그대 내게 다가오지 마요
한 발 다가와도
두 발 물러서기에
차라리 조금 더 멀리해 줘요

날 가지려 해도
아무에게도 주지 않았으니
그냥 그러려니 해 줘요

떠나는 그대 뒷모습에 미소를 보내요
그대는 나를 흔들리게 할 사람이기에

더 이상 내게
다가오지 않길 기도할게요.

## 꽃은 왜 그곳에 펴 있었을까?

집으로 오다가
한순간 바람으로
비틀거리는 꽃을 보았다

추운 계절을
처절히도 견디는 모습이
참 닮아 있다고 생각했다

가엽게도
꽃은 아무도
아무도 찾지 않는 곳에
피어 있었다

누구도 네 이름을 부르지 못하게
다시는 내 이름을 듣지 못하게

적막하고 그윽한
그곳에
세상 가장
초라한 모습으로

스스로를
달래고 있었다.

## 당연함

보고 싶은 사람이 없다
하고 싶은 일도 없다
갖고 싶은 것도 없다

사랑이 없는 것이다
열정이 없는 것이다
욕망이 없는 것이다

무엇이 우리를 이토록
메마르게 하였는가

그저 오늘은
그런 것이다.

## 그곳에서

추억이 밴 검은 도시에서 가슴을 베인다
날카로운 검처럼 예리하고 싸늘한 그 길 위에서
매서운 칼날로 마음을 다듬어 본다

너와 함께했던 그날처럼 이곳은 변함이 없는데
변한 거라곤 너와 나의 사이뿐
길을 걷는 사이 떠올린 게 미련뿐이더라

눈을 감고 도시의 소음을 하나씩 주워 담으며
저마다의 사연을 다룬 가사 중
우리의 노래를 끄집어내 본다

말없이 이별을 고했고
옮기지 못한 말들이
가사에 넘치도록 흘러나온다

한 소절의 기억과
한 소절의 한숨이
이별의 실타래로 엮여

비로소
선율과 함께
도시를 떠나갔다.

# 생각이 나서

생각이 나서 밤에 몇 글자 끄적여 본다
오늘도 어김없이 어둠이 내리면
내면에 잠자고 있던 또 다른 내가
기지개를 켠다

서울에는 별조차 보이지 않는데
내 안의 별들은 유난히 반짝이며 지저귄다
많은 생각이 반짝이며 잠 못 이루는 밤
생각을 정리하기 위해 노트북 앞에 앉는다

하지만 막상 글로 정리하고자 하니
구체적으로 어떤 생각이었는지 떠오르지 않는다
다행이다
이렇게라도 생각이 멈춰서

이 활자를 눈에 품고 있는 당신도 그러한가?

어느 따스한 오후 잠시 여유를 갖기 위해,
우중충한 하루의 기분을 바꾸기 위해,
혹은 잠 못 이루는 밤 생각을 정리하기 위해,
당신은 나와 마주하고 있는가?

그렇다면 이제 그만
생각의 불을 꺼도 좋다.

## 괘념(掛念)

걸 '괘' 생각 '념'
생각을 걸어 둔다는 뜻

마음속 생각 걸이 수북하다

당장 어제 걸어 둔 이름 모를 생각
철이 지나 입지 않는 생각

이미 수 세월 흘러
찾지 않는 생각들까지

옷장이 가득 찼다

내려놓을 줄 알아야 한다
버릴 줄도 알아야 한다

좋은 생각도 오래 걸려 있으면
곰팡이가 슬기 마련

슬기롭게

이제는 그만 내려놓자
과감히 버려 내자

더는 괘념치 않도록

## 괜한 걱정

바람이 거세 흔들릴 줄 알았지
다행이야 흔들린 건 내 마음뿐이라

이슬이 내려 젖을 줄 알았지
다행이야 젖은 건 내 감정뿐이라

눈발이 격해 시릴 줄 알았지
다행이야 시린 건 내 영혼뿐이라

정말 다행이야
괜한 걱정뿐이라

# 마주하다

마주하기 위해선
서로 바로 향해야 한다

홀로는 이루어 낼 수 없으며
올바른 방향의 상호작용이 중요하다

어느 날 거울 앞에 앉아 나와 마주했다
'애썼다'
분명 그리 들렸다

거울 밖 나는 미안했다

다른 이와는 그리도 마주하려 노력했건만
자신과 마주함에 있어서 소홀했구나

나를 마주하니
그제야 내가 보였다.

## 매듭

풀리지 않는 매듭이 있다

분명 풀릴 것 같은데
이상하게
풀리지 않는다

신의 장난인지
단단히도
꼬아 놨다

아예 가망이 없으면
시도라도 안 할 텐데
될 듯 되지 않으니

더 약이 오른다

오늘은
정말 매듭을
풀고 말 거다

꼭 매듭짓자

매듭?

가만 보니 신의 장난이 아니라
나의 장난이었다.

학창 시절 나름대로 자신 있는 과목이 수학이었습니다. 문제가 술술 풀리면 마치 제가 마법이라도 부리는 기분이었죠. 그 시절에는 그렇게 모든 일이 수월하게 풀릴 것 같았습니다. 그러나 여러분도 아시겠지만 삶이라는 게 그리 녹록하지 않죠. 살아가다 보니 한 가지 일을 풀어내도 또 다른 일이 우릴 반기는 경우가 많습니다. 그러다 보면 하나둘씩 매듭짓지 못하는 일들이 생기고 결국 나를 얽어매기 시작하죠.

사실 일을 어렵게 만드는 건 나였는지도 몰라요.

매듭인 상태로 두어도 될 것을 굳이 풀어내려고 들어 일을 더 꼬이게 만드는 경우 말이에요. 때론 그대로 두어도 아무런 문제 없습니다. 매듭을 풀지 않고도 매듭지어지는 일이 있다는 사실 한 번쯤 기억해 주시면 좋겠네요.

# 여백의 미

그림도 글도 사람도 빈 공간이 필요합니다. 한번 쉬었다 가시죠.

# 주다

물건 따위를 남에게 건네어 가지거나 누리게 하는 일

시간 따위를 남에게 허락하여 가지거나 누리게 하는 일

남에게 어떤 자격이나 권리, 점수 따위를 가지게 하는 일

남에게 어떤 역할 따위를 가지게 하는 일

남에게 어떤 일이나 감정을 겪게 하거나 느끼게 하는 일

실이나 줄 따위를 풀리는 쪽으로 더 풀어내는 일

남에게 경고, 암시 따위를 하여 어떤 내용을 알 수 있게 하는 일

시선이나 관심 따위를 어떤 곳으로 향하는 일

주사나 침 따위를 놓는 일

속력이나 힘 따위를 내는 일

다른 사람에게 정이나 마음을 베풀거나 터놓는 일

사전에 '주다'라는 의미는 11개로 나뉘어 있는데

이 책을 여러분께 드리는 이유는

단순히 물건을 건네는 일이 아니라

나의 마음을 건네는 일

모쪼록 손때 묻은 종잇장으로 많은 이에게 건네지길

그대의 시간을 이 책에 허락해 주셔서 감사드립니다.

## 사막

일확천금이 다 무슨 소용이더냐
수억의 지폐보다
한 모금의 물이 더 소중한 것을

귀중한 것은 모두 다르겠지만

만약 내가 사막에 간다면
종이와 펜 한 자루면 충분한 것을

死幕(사막)
죽을 (사) 막 (막)

한 구절 글을 남기고
죽음의 막을 내린다면

그것으로 족한 것을

그러나 거창할 것 없이
오늘은 이 글 하나로 족한 것을

이런 마음으로 글을 씁니다. 호랑이는 죽어서 가죽을 남기고 사람은 죽어서 이름을 남긴다고 하던데 저는 글을 남기고 싶습니다.

흔히 오늘이 내게 주어진 마지막 하루라면 무엇을 하고 싶냐고 물어보곤 하죠.

저는 사랑하는 이들에게 사랑한다고 말하고, 감사한 이들에게 감사하다고 말하고, 미안한 이들에게 미안하다고 말한 뒤 글을 쓸 것 같습니다. 생각과 감정과 가치관을 온전히 담아서 말이죠.

여러분은 어떠신가요? 어떤 일을 하실 것 같으세요? 무겁게 생각하실 필요는 없습니다. 저는 오늘도 사랑하는 이에게 "사랑한다." 표현했고, 감사한 이에게 "고맙다." 말했으며, 미안한 이에게 "미안하다." 사과하였습니다. 그리고 이 글로 만족하고 하루를 마무리 짓고 있죠. 여러분도 제 질문에 떠오른 소중한 일을 가볍게 해 보시고 오늘을 마무리하셨으면 좋겠습니다. 어차피 우리에게는 내일은 찾아올 테니깐요.

# 하고자 한다면

당장은
돌아보지 않아도 괜찮아
세월이 흐르면

추억이란 향기는
진하게 퍼져서

무심코 지나쳐도
돌아보게 되니깐

# 다이어트

다이어트 해 본 적 있으세요?
이 세상에 맛있는 음식 참 많죠?
어느새 한 그릇 다 비운 제 자신에게
트집 잡은 적도 많습니다.
안 먹을 수 있었는데… 그래도
할 수 있어요. 다이어트!
거창하게 생각할 거 없어요.
야식만 끊어도 돼요.

저는 초등학교 시절 비만 아동이었어요. 단순히 다이어트를 위해 처음 헬스장에 갔던 것이 초등학교 5학년 때였습니다. 그리고 무려 20년간 매일 같이는 아니어도 운동을 해 왔고 체중 유지를 항상 신경 쓰고 있습니다. 새해 목표로 너도나도 다이어트를 꼽을 정도로 다이어트는 만인의 관심사입니다. 참 신기한 것이 다이어트를 시작하려고 결심한 순간, 평소에 연락도 없던 친구가 밥 먹자고 연락이 온다든가 갑자기 예기치 않은 술자리나 회식 자리가 생기곤 하죠. 사람 좋다는 핑계로 거절도 못 합니다. 그리고 깨닫습니다. 세상에는 정말 맛있는 음식이 많구나.

그 뒤 무슨 음식이든 가리지 않고 누구보다 빠르게 음식을 소멸시키는 특기가 생깁니다.

그리고 순간 자신에게 딴지를 겁니다. 미쳤냐고.... '너 이런 사람 아니잖아.', '진짜 안 먹을 수 있었는데.' 만감이 교차하죠.

저는 트레이너 일을 한 경력이 있는데요. 많은 회원분이 정말 힘들게 다이어트를 하는 모습을 옆에서 지켜봐 왔습니다. 다이어트에 실패하는 이유는 목표 자체를 너무 거창하게 잡기 때문입니다. 평생 맛난 음식을 먹고 살아 왔는데 갑자기 식단을 하면 당연히 지키지 못하겠죠. 그리고 식단을 몇 주간 지키다가 한번 식욕이 폭발하면 걷잡을 수 없습니다. 그래서 처음에는 야식부터 끊으라고 합니다. 8시 이후에는 절대 먹지 말고 식단을 할 거라면 처음에는 저녁 한 끼만 식단을 지켜보라고 조언합니다.

여러분, 근데 저도 여러분 마음 충분히 이해해요. 사실 다이어트에 대한 본심을 글에 적어 놨습니다. 다시 글의 첫 글자만 세로로 읽어 보세요. 세로로 읽기 시리즈였습니다.

## 포기하고 싶은 순간을 맞이하는 우리의 자세

포기하지 마!

기운 내 보자!

해낼 수 있어!

항상 포기하지 않기 위해 가로로 말하는데

매번 포기하라는 세로로 생각합니다

그러다가

생각을 줄이고 글도 덜어 내니

엄청난 것을 발견했어요

포기해

기운내

해내자

가로로 읽어도 세로로 읽어도

포기하려다 기운을 내 보고 결국 해내는 것으로 귀결되네요

포기하고 싶다는 생각이 들면

먼저 마음을 추슬러서 일단 기운을 내 보고

또 조금만 기운을 차리면

반드시 해낼 수 있을 겁니다.

## 결실

거친 대지를 품고 핀 꽃은
아름답지만 성숙할 것이고

거센 햇살을 쥔 풀잎은
메마르지 않는 희망이 있을 것이다

세찬 바람을 등진 나무는
흔들릴지언정 꺾이지 않을 것이니

삶이 쓰라려야 숲이 생기고
새로운 생명도 탄생한다.

## 위로

말로써 그대를 어루만질 수 있다면
글로써 그대를 안아 줄 수 있다면
무슨 수를 써서라도
그대를 품어 줄 수 있다면

그것이 가능했다면
그대는 지금이 아픔이라 말하지 않았겠지

삶이 이토록 아린 그대에게
아무런 위로가 되지 않겠지만

그래도 그대에게
손을 잠시 건넬 수 있다면
이 글을 꼭 전하고 싶어라

힘에 부친다는 것은 결국
온전히 힘을 다하고 있다는 것

더 이상
힘내지 말고
힘듦을 인정하라고

고단할 터이니 잠시
객관에 머물다가
눈물 한 방울 내려놓고
거듭 나아가라고

## 종이비행기

심심해서
적는다
종이에 글씨

뜬금없이
접는다
종이비행기

소망을 적어
던져 본다

꿈을 실어
날려 본다

미래를 담아
내보낸다

바닥으로 곤두박질칠지언정
하늘을 나는 비행기야

어느 누가
떨어질 것을 염려하며
하늘을 수놓을까?

균형과 조화를 이루며
공중을 떠다닌
영롱한 종이비행기

저도 들은 이야긴데요. 요즘 대학교 오리엔테이션 때 자신이 이루고 싶은 것을 종이에 적고 종이비행기로 접어 날린다고 하더라고요. 그리고 바닥에 떨어진 종이비행기를 모아 졸업할 때 돌려준다고 합니다. 제가 어렸을 때 유행했던 타임캡슐 같은 느낌인가 봐요.

여러분도 이루고 싶은 꿈이 있으신가요? 아마 모든 일은 준비하는 과정에서 어려움이 따를 것입니다. 불확실한 미래 때문에 두려울 수도 있습니다. 하지만 종이비행기는 떨어질 것을 두려워하지 않죠. 혹시 주변에 높은 건물이 있다면 여러분의 꿈을 적은 종이비행기를 한번 날려 보세요. 떨어지는 모습보다 아름답게 하늘을 수놓은 순간이 더 기억에 남을 것입니다. 물론 땅에 안착한 종이비행기를 다시 회수하는 것은 필수입니다. 땅에 살포시 내려앉은 종이비행기를 반드시 회수하라는 이유는 "종이를 함부로 버리면 안 됩니다."라는 의미도 있지만 단순한 종이가 아니잖아요. 여러분의 꿈이 적혀 있는 종이잖아요.

두려워하지 마세요. 살아 있는 모든 것은 언젠가 땅속으로 곤두박질칩니다. 바로 죽음이죠. 그 외에 다시 날지 못할 추락은 없다고 생각해요.

우리는 흔히 꿈을 준비하는 과정에서 '실패'와 직면합니다. 사실 실패라는 것은 제가 죽기 전까지 정의 내릴 수 없는 것 같아요. 그리고 실패는 오로지 본인만이 정의할 수 있습니다. 주변인들과 사회의 시각으로 실패가 낙인되는 게 아니라는 것이죠. 그러니 꿈을 가지고 계신다면 자신의 정의뿐인 '실패'가 두려워서 포기하지 않았으면 좋겠습니다.

다시 한번 말하겠습니다. 땅에 떨어질 것을 먼저 두려워하지 마세요. 그리고 혹여나 땅과 마주하더라도 여러분의 꿈을 그대로 바닥에 둬선 안 되겠죠. 잠시 땅에서 휴식을 취하고 있는 종이비행기를 가져와야 결국엔 다시 날릴 수 있습니다. 땅에 떨어져서 조금 더러워졌어도 하늘을 나는 것에 전혀 지장이 없습니다. 혹시 땅에 떨어지며 종이가 조금 찢어졌어도 그 부분을 잘라내고 다시 예쁘게 접어 하늘을 날면 됩니다.

언젠가 여러분의 꿈도 마음껏 하늘을 나는 순간이 분명히 올 거예요. 전 확신합니다.

# 돌탑

우리의 삶은
돌탑을 쌓아 가는 과정이다

무심코 지나가다 산에 쌓여 있는
돌탑을 바라본 적 있는가?

돌탑은 겉으로 보면 넘어질 것 같고
위태로워 보이지만 쉽게 무너지지 않는다

우리의 삶도 마찬가지

때로는 흔들리고 어느 때는 위태롭기도 하지만
쉽게 무너지지 않는다

얼핏 모양이 비슷해 보이는 돌탑도
자세히 보면 모양이 모두 다르다

이유는 쌓여 있는 돌의 모양이 다르기 때문
돌은 우리의 경험이다

우리는 경험이라는 돌을 하나씩 쌓아
차곡차곡 나만의 돌탑을 완성시킨다

비가 내리고 바람이 불어도
절대로 무너지지 않는

나만의 돌탑을 오늘 하루도
정성을 담아 견고히 쌓고 있다

등산을 하다 우연히 돌탑과 마주했다
돌탑은 말이 없었다

하지만 굳이 말하지 않아도
너의 흔적이 보인다.

## 비행기 안에서

밤을 수놓는 건 하늘의 별만이 아니더라
밤의 대지를 수놓은 빛들은
저마다의 사연이 있기에 더욱 밝게 빛나더라

저 많은 빛 중
누군가 잠시 하늘을 올려다보았을 때
나의 빛을 보고 있다 생각하니

삶이 다행히 혼자만은 아닌 것 같아
외롭지 않더라

출장 후 비행기를 타고 복귀 중이었습니다. 지친 몸을 비행기에 싣고 '이렇게 또 하루가 흘러갔구나.'라는 안도감과 함께 고독이 밀려왔습니다. 누구보다 찬란하게 빛나는 오늘을 보낸 것 같은데 어둠이 찾아오니 빛을 잃는 것만 같아 공허함이 생기고, 공허함이라는 빈자리에 자리 잡은 고독이었습니다. 조금씩 고독이 차오르던 찰나 우연히 창밖을 내려다봤는데 꽤 늦은 시간이었음에도 대지는 밝게 빛나고 있더라고요. 저와 같이 이제 막 퇴근하는 자동차의 불빛, 미처 퇴근하지 못한 이들의 야근을 위한 불빛, 그리고 하루를 마무리하기 위한 집 안의 불빛 등 유난히도 반짝이는 느낌이었습니다. 아마 빛나는 것은 단순히 불빛만은 아니었을 것입니다. 저마다의 사연을 담은 그들이 뿜어내는 삶의 빛이겠죠. 누군가 하루의 끝에 서서 우연히 하늘을 올려다본다면 오늘 하루를 열심히 보낸 나의 빛도 봐 줄 것만 같아 위로받는 기분이었습니다.

아름답게 빛낸 오늘 하루 고생 많으셨습니다. 내일을 더욱 빛내기 위해 이만 어둠을 즐기셔도 좋습니다.

## 불빛

어둠에 스며들어
존재를 인지시켜 주는 너

아무것도 없는 줄 알았는데
너로 인해 내가 가진 것을 알게 되었다

그렇게 너는 언제나
나를 비춰 주었나 보다.

## 혼자이기 싫은 하루

저마다 다른 하루

누구에겐 행복이 가득한 하루
누구에겐 슬픔이 차오른 하루

누군가는 즐거웠던 하루
누군가는 무료했던 하루

꽤나 기다렸던 하루
허나 실망했던 하루

많이 벅찬 하루
조금 벅찬 하루

그냥 혼자이기 싫은 하루

오늘 하루도 잘 보내셨나요?

'하루'라는 명사는 같지만 앞을 꾸며 주는 형용사는 모두 다를 겁니다. 그래서 우리는 같은 시간을 보내지만 다른 하루를 보내죠. 오늘 하루가 행복하셨다면 저도 행복의 기운을 좀 나눠 받고 싶고, 반대로 오늘 하루가 힘드셨다면 제가 받은 행복의 기운을 나눠 드리고 싶습니다.

그러므로 오늘은 혼자이기 싫은 하루네요.

저는 시를 쓰고 지금처럼 해석을 쓸 때가 종종 있죠. 꼭 이야기하고 싶은 부분을 이렇게 풀어 씁니다. 앞선 시에서 가장 많은 고민이 들어간 표현은 '많이 벅찬 하루 조금 벅찬 하루'입니다. 먼저 많이 벅찬 하루는 감격, 기쁨, 희망 따위가 넘칠 듯이 가득한 하루이길 바라는 마음에서 썼고요. 조금 벅찬 하루는 감당하기가 어렵다는 의미의 '벅차다'이지만 그래도 조금만 벅차셨으면 좋겠다는 마음에 글을 적었습니다.

제가 하루를 마무리할 때 반드시 하는 것이 있습니다. 하루 중 감사한 일 3가지를 마음속으로 꼽고 잠을 청하는데요. 여러분도 꼭 한번 해 보세요. 내가 보낸 소중한 하루를 정성스레 포장해서 마음속에 고이 보관할 수 있는 비결입니다. 오늘 감사한 일 중 하나가 이 글을 쓴 것입니다. 오늘은 꽤 혼자였고 그래서 더욱 혼자이고 싶지 않았는데 이 글을 통해 결국 혼자가 아니었다는 생각이 들어 감사했네요.

# 아침상

부스스 졸린 눈 간신히 부여잡고
비틀거리며 하루를 시작한다

달그락거리는 부엌을 보니
포근한 연기가 모락모락 피어오른다

고달픈 어제의 일은 모두 잊고
새로이 시작되는 오늘 아침

따뜻한 밥처럼 따스한 엄마 미소

땡!

전자레인지 멈추는 소리

그립다

즉석밥 데우며 추억한다.

잠이 덜 깨서 비틀비틀 하루를 시작했는데 그래도 어제의 고단함은 좀 덜어 냈더라고요. 감길락 말락 게슴츠레 눈을 뜨고 거실로 나왔는데 창문을 열어 놔 바람에 무언가 달그락거리고 눈을 잘 못 떠서 뿌연 시야가 모락모락 피어오른 연기로 느껴졌습니다. 아침밥은 꼭 차려 주시던 어머니. 그때는 왜 그렇게 아침 먹기가 귀찮았는지 모릅니다.

“얼음, 땡!” 놀이와는 반대로 전자레인지가 “땡!” 하고 울리면서 생각의 흐름도 멈추었습니다. 엄마의 밥이 그리운 아침입니다. 아니, 엄마가 보고 싶은 오늘인 것 같네요.

## 안부

밥은 먹었니
잠은 잘 잤니

내 아가 배곯을까 잠 설칠까
수화기 너머 걱정 어린 목소리

지금 바빠요
나중에 전화해요

붙잡을 새 없이 끊긴
그녀의 음성이 못내 아쉽다

한 글자씩 모아 가슴속 새기니
감히 보답할 수 없는 사랑이더라
이루어 말할 수 없는 은혜이더라

나중이란 핑계로 모래성 쌓다 보니
한 알 한 알 무너져 내릴 줄 몰랐던
소중한 시간

파도에 휩쓸려 간 모래성은
돌아오는 법이 결코 없고

쏟아지는 알갱이마다 돌이킬 수 없는
아쉬움만이 배어 나오고 있었다.

## 보고 싶다

세상 가장 좋아하는 말

눈에서 머리로
머리에서 가슴으로
온몸에 담아 놓아도

매번 보고 싶다.

# 숨바꼭질

찾고 싶다.

알고 싶다.

잡고 싶다.

말해 주지
사랑도
숨바꼭질
이라고

## 그저 멍하니

무심코 생각하다
얼떨결에 바라보다
그렇게 기다리다
멍하게 사랑하다

멍한 사랑이다
망한 사랑일까

그저 멍하니
지금 뭐 하니

사랑을 하면 그렇더라고요. 처음에는 무심코 그 사람을 생각하다가 핸드폰을 열어 그 사람의 소식이나 사진을 찾아보죠. 사실 떠올리는 것만으로도 저절로 미소가 번집니다. 온 세상이 사랑으로 채워지는 기분이죠. 그 사람의 하루, 그 사람의 소식을 기다리고 그리워합니다.

그렇게 멍한 사랑을 해요. 때론 불안하기도 하죠. 우리의 사랑은 지금 어디쯤을 걷고 있는 것일까? 혹시 잘못되면 어떡하지? 걱정이 꼬리에 꼬리를 뭅니다. 그러다 순간 이런 생각이 들죠.

'나 지금 뭐 하니?'

너무 행복하면 불행할 수 있나 봐요. 기대하는 것이 높아지니 어쩔 수 없나 봐요. 그냥 멍한 사랑이 좋습니다. 많은 것을 걱정하고 불안해하기보단 사랑의 감정만 소중히 안고 있으려고요. 그리고 앞에 했던 '나 지금 뭐 하니?'에서 이제 모음 하나를 바꿔 보려 합니다. '너 지금 뭐 하니?'

세상에는 없지만
너에게는 있다.

제목, 사랑

# 딜레마

먹고는 싶은데
살찌는 건 싫고

운동은 해야겠는데
움직이긴 귀찮고

돈은 벌고 싶은데
일하기는 힘들고

친구는 만나야겠는데
그럴 시간이 없고

너를 보고 싶은데
어쩜 너는 하나도
걸리는 게 없지?

## 아이

천진난만 웃는 너는
참 아이 같다
너를 보며 웃는 나도
그렇겠지

너는 어른이 되지 않고
한평생을 아이로 살길

품에서 벗어나지 않고
돌봐 줌이 필요한 아이로 살길

떼를 쓰고 조르는 일이 익숙한 네가 되길
남들보단 자신만을 생각하길

그 무엇에도 섞이지 않고
평범하지 않은 순수함으로

그 모습이 밉지 않아 영원히 사랑스러운
아이로 살길

# 기다림

언제부터인지 잘 모르겠으나
언제부턴가 너를 기다리기 시작했다

내가 미처 알아챌 겨를도 없이
너는 내 마음에 자리 잡았더라

기다림을 배우고 싶지 않았는데
어느새 너를 기다리고 있더라

하염없이 기다리다
기다림의 설렘을 안고 잠들었다

깨어나 보니
한나절 꿈이었나 보다.

가끔 1분 만에 써지는 글이 있습니다. 워낙 어린 시절부터 글을 쓰고 싶다고 생각했었기 때문에 무의식에 내재되어 있는 생각이 글로 표현되는 데 걸린 시간이 짧은 것뿐이지 실제로는 몇 년의 세월을 거쳐 완성된 글이겠지요. 기다림이란 글이 그렇습니다. 이 글을 완성하기까지 저에게 오랜 기다림이 있었겠지만 글로써 표현하는 데 걸린 시간은 실제로 1분이 채 되지 않았습니다.

기다림의 설렘을 품고 사는 시기가 있습니다. 어렸을 때 저는 성격이 급해서 기다릴 줄 몰랐습니다. 그러나 어른이 되어 가면서 좋든 싫든 인내를 배웠고, 지금은 누구보다 참는 것을 잘한다고 자신할 수 있습니다. 오랜 기다림의 시간을 거치다 보면 결국엔 인고의 열매를 맺는다고 생각해요. 하지만 그 열매는 달 수도 있고 쓸 수도 있습니다. 또 결실 자체는 한순간에 이루어진다고 생각되더라고요. 이 글처럼 말이죠. 10년의 기다림이 1분 만의 결정이 될 수도 있습니다. 〈기다림〉이란 시에서 '너'라는 의미는 목표입니다. 사랑이든 일이든 목표를 이루기 위해선 기다림이 필요하겠죠? 저는 보통 일적인 기다림은 꽤 달콤했고 사랑의 기다림은 조금은 씁쓸했던 것 같아요. 여러분은 어떠셨나요? 지금 와서 생각해 보면 그 오랜 인고의 시간이 한순간의 꿈같기도 합니다.

단 열매일지, 쓴 열매일지 지금은 알 수 없지만 어쨌든 기다려 봅시다. 그 모든 순간이 한순간의 꿈일지라도 말이죠.

## 출판

끊임없는 시도로 넣고 빼길 반복하며
수정되어 마침내 탄생한 종잇덩이

여린 종이 위엔 노력의 상흔으로
검은빛 딱정이가 아득히 새겨졌네요

출생의 비밀은 끝까지 모른 척해요
알게 되면 울컥하여 잉크가 번질 거예요

살아 있음을 이곳을 통해 기억해요
수많은 생각을 이 속에 해방시켜 봐요

두둥실 떠다니는 내가
그대 눈에 들어서면

오색찬란 빛으로 퍼져
영롱하게 물들여지며 마음에 번져요

눈은 마음으로 향하는 창문

커튼으로 채 가릴 겨를 없이
그 문을 열고 들어서면

영원히 기억되는 작품으로 남게 되어요

그대와 내가 함께하는
아름다운 여정이에요.

# 좋은 사람

가장 오래 쓰여진 글
좋은 사람의 정의를
그대가 내게 묻는다면

좋은 사람이 되고자
부단히 노력하는 사람이
좋은 사람이라 말하고 싶다

삶은 미숙함을 채워 나가는 과정이자
실수를 줄여 가는 여정이기에

자신의 부족함을 인정하고
채움의 미학을 아는 사람

그게 아마
좋은 사람이 아닐까 한다.

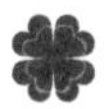

저는 글을 쓸 때 하나의 글을 완성하고 다음 글을 쓰기보단 떠오르는 생각이 있으면 쓰던 글을 남겨 두고 바로 다른 글을 쓰기 시작합니다. 그리고 어떤 글도 '완성이다.'라고 생각하지 않고 항상 마음에 두고 있어요. 어제의 감정과 오늘의 감정이 다르고, 내일의 감정도 다를 거니까요. 같은 글이라도 그날의 기분과 감정에 따라 다르게 느껴지기에 오랜 수정 과정을 거쳐서 하나의 글을 완성시킵니다. 그렇게 많은 생각과 고민을 담은 글들을 이곳에 실어 놨습니다.

〈좋은 사람〉이라는 글은 제가 처음 글을 쓰기 시작한 순간부터 정해 놓은 주제였어요. 그런데 완성하기까지 가장 오랜 시간이 걸린 글인 것 같네요. 그만큼 한마디로 정리하기 어려운 주제라고 생각합니다.

제 일화를 들려드릴게요. 하루는 미팅이 끝나고 관계자분과 식사를 하다가 이런 말씀을 하시더라고요.

"황중 씨는 연애하세요?"

"아니요!"

"그럼 이제 황중 씨는 좋은 사람만 만나면 되겠어요."

"그것도 중요하지만 제가 먼저 좋은 사람이 돼야겠죠."

사람들마다 형용사의 해석을 달리하잖아요. 여러분은 좋은 사람의 '좋은'을 어떻게 해석하세요? 저는 항상 그 답을 찾기 위해 노력하고 있는 것 같아요. 확실한 것은 아직도 잘 모르겠다는 거예요. 다만, 인생 여정의 끝에서는 '좋은 사람'으로 눈을 감고 싶습니다. 아직은 많이 부족하지만 그 부족함을 인정하고 채워 나가다 보면 삶의 마지막 순간에는 될 수 있지 않을까요? 좋은 사람이.

# 장작

짜글거리는 불빛에
온갖 마음이 어른거린다

소란스러웠던 저마다의 감정이
헤치고 솟아오르다 재와 함께 사라진다

제 아쉬운지 쉬이 꺼지지 못하는
검붉은 희나리처럼
아른했던 속마음은 더 짙어져 간다.

## 미완

미완의 일
미완의 사랑
미완의 인생

미완일 때 아름다운 법

미완의 공백을 아쉬움으로 메꾸다

이 또한
미완의 글

미안!

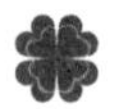

이 글은 절대 귀찮아서 미완으로 둔 게 아닙니다. 채우려 노력하지 않은 것도 아닙니다. 그냥 완성되지 않은 상태일 때 더욱 찬란한 순간이 있는 것 같아서요. 그러나 기억 속에는 아마 완성하지 못한 부분에 대한 아쉬움이 남겨지겠죠? 그리고 그 아쉬움을 메꾸다 보면 끝엔 '미안함'이란 감정이 들더라고요. 그 일에 더 매진하지 못했던 자신에 대한 미안함.

제 이야기를 예로 들어 볼게요. 저는 어린 시절 운동을 좋아하던 아이였기 때문에 공부에는 정말 흥미가 없었습니다. 제 인생에서 미완 중 하나가 공부였던 것 같아요. 그 아쉬움을 달래고자 20대 때부터 지금까지 누구보다 열심히 공부해서 메꾸어 채워 나가고 있습니다. 생각해 보니 초등학교 입학 때부터 박사까지 군대에 있었던 기간을 제외하고도 자그마치 20년간 학교에 있었네요. 그런데 아직도 배워야 할 것이 참 많다고 생각합니다.

우리의 인생은 깁니다. 그러니 인생의 미완에 대해선 지금 당장 미안하지 않으셔도 됩니다. 지금 느끼는 미완의 갈증을 아쉬움으로 채워 나가 봅시다. 아쉬움은 또 다른 열정을 만들어 내니까요.

여러분이 가지고 있는 미완의 아름다움은 무엇인가요? 저와 함께, 이 글과 함께 오늘도 1L의 아쉬움을 미완의 공백에 채워 보시죠.

## 짝사랑

이 꽃에 걸터앉은 나비는
꽃을 사랑하지 않는다

그 안의 달콤함만을 따라
이 꽃 저 꽃 옮겨 다닐 뿐이다

꽃은 나비를 사랑해 앓고 있지만

알고 보니 나비는

꽃을 사랑하지 않았다.

# 비둘기

비켜라 비둘기야
내가 무섭지도 않으니
설마한들 너까지
나를 무시하니

아니다 아니겠구나

평화의 상징에서
혐오의 표상으로
너야말로 참으로
기구한 녀석이다

사랑만 받다가
미움을 받으니
오죽하면
다시 사랑받고자

이리도 내 주윌
맴돌았구나
어쨌건 곁으로
다가왔구나

그럴수록
나는 조금씩 더
너와 멀어진다.

## 괄호

안으로 자라난 마음
틈새를 비집고 나와
구메구메 흘러내렸다

감춰 둔 말 전하기에
열없어 붉어진 고백
이때껏 숨겨 왔으리라

가장자리 빈칸에 남겨 두고 싶어
비겁하게 괄호 안에 담아낸다

아무도 눈치채지 못하게
누구도 알아채지 못하게

꽁꽁 숨겨 흔적을 묻고
전하지 못할 말

이윽고
(전하지 못한 말)

## 녹초

초가 불꽃에 녹아내린다
너로 인해 흘러내린다

하늘은 왜 인생이 고통이라
내게 일러두지 않았을까
녹초의 삶이다

촛농처럼 눈물이 흐른다
눈물처럼 촛농이 녹는다

흘러내린 것은 촛농만이 아니었다
눈물만이 녹아내린 것도 아니었다

시간이 지나 촛농은 굳었다
다시 돌아가지 못할 초의 모습으로

1분 1초도 너로 인해 살았구나

일이 끝나고 집으로 돌아와서 외출복을 갈아입지도 못한 채 침대에 녹아내리듯 쓰러진 기억이 있습니다. 녹초 같은 삶이라 생각했어요. 뜨겁게 타올라 흘러내린 촛농처럼 '오늘 하루의 나를 불태워 이토록 흘러내리고 있구나.'라고 생각하니 마음속에서 눈물이 흐르더라고요. 이렇게 흘러내린 자신에 대한 미안함이기도 했고요.

시간이 지나면 다시 촛농이 굳듯 단단함을 회복하겠지만 처음과 같은 초의 모습으로 되돌아갈 수는 없습니다.

무언가로 인해 뜨거워 본 적 있으신가요?

'그 시절로 돌아간다면 다시 그토록 뜨거울 수 있을까?'라는 질문을 던져 본다면 쉽지 않겠다는 생각이 드는 것이 솔직한 심정입니다. 돌아가더라도 그 모습으로 살 순 없겠지만 그 시절은 정말 1분 1초도 그것으로 인해 살았었습니다. 정말 녹초 같은 삶이었네요.

# 껌

편의점에서 껌 한 통 샀다
물가가 제아무리 올랐다고 하나
껌은 여전히 껌값

집으로 돌아와
그대로 침대로
위대한 착륙을

묵묵히 껌 하나 꺼내
포장지는 베갯머리
아무 곳에 내팽개치고

질겅질겅
껌을
씹었다

단물을 모조리 빼 먹고
뱉어 버린 껌딱지처럼
침대에 찰싹 달라붙어 있었다

최선을 다한 뒤
적당히 이용당한 채로
원기를 빼앗겨 붙들려 있었다

씹힐 대로 씹혀
여윌 만도 하지만
이내 모양을 다잡는 모습으로

늘어나기도
부풀기도 하다가
제 모습 잃어버린 세월

가장 낮은 자세로 엎드려
궁핍했던 오늘을
침대에 묻혀 본다.

# 나태

지출된 세월에 낙망하여
바닥에 몸져누워 있다

누구나 한 번 이상 겪지만
벗어나기 쉽지 않은 개방된 감옥

작디작은 꽃
한 송이를 원해도

거리낌 없이
꽃을 꺾으려 할 터인데

그 작은 무엇조차
원하는 것이 쉽지 않으니

애면글면
애처로울 수밖에

괜스레
괴로워하지도 말라

덧없이
조급하지도

모질게
몰아붙일 것도 없이

찬찬히
찾아올 욕망을 고대하며
그날을 기다리자

땅을 향해 넙적 엎드려
품지 못할 꽃을 사모하여
몸져누울 그날을

## 인정

해 질 녘 붉은 그림자를
따돌릴 수 있을까

인생의 걱정거리도 쫓아낼 수 없기에
그저 나의 일부라 생각하고
달고 사는 수밖에

## 잠결에 쓴 시

자려고 누워
베개를 베니

심장의 고동이 귓가에 맴돈다
에둘러 말해도 고독이라 머문다

차츰 빨라져 빙빙
결국엔

지구 한 바퀴를 돌아
제자리로

세상이 소란을 거두어도
내면의 야단은 그칠 줄 모르고

달려온 인생마저
결국은 제자리

또 한편
가만히 서 있는 인생도

매 순간 뛰고 있었음을
알아차릴 무렵

희미해진 의식의 틈 사이
스쳐 지나가는 정제되지 않은 생각
깨어나면 모두 소거되어 버릴 기억
간신히 옮겨 적는 한 줄의 기록

## 고립

전원이 꺼졌습니다
세상 모든 빛이 사라졌습니다

바람 소리만이 친구가 되어 준 밤
독 안에 든 난

밑 빠진 독에 물처럼
끝없이 흘러가는 시간을 뒤로하고

별들이 머리 위로 빛나고 있지만
고독 안에 고이 잠겨

아직 찾지 못한 것 같습니다
위로받지 못할 것 같습니다

고요한 어둠이 무서울 때면
내면에 작은 불빛을 밝혀 봅니다

고립의 무게로 덮개를 덮고
그 안에서 자신을 찾아봅니다

바람만이 친구가 되어 준 밤
이 세상 어딘가에 함께할 누군가를

간절히도 바랍니다.

## 기일

아버지
당신께서 본 생애 마지막 날은 어떠셨나요?
그날까지의 기억을 안고
그날의 하루를 끝으로
평온한 잠에 들으셨나요?

외롭진 않으셨나요?
두렵진 않으셨나요?
아쉬움은 없으셨나요?
또 후회는 없으셨나요?

당신이 없는 세상에는
여전히 해가 뜨고
저녁이면 노을이 집니다.

당신을 그리워하며
흘리던 눈물도
이젠 그쳤습니다.

살아가며 이따금 떠오르는
추억에 다시금 젖기도 하지만
지금도 살아가고 있는 중입니다.

살아 계신다면
당신께선 제게
무슨 말씀을 건네어 주셨을까요?
오늘을 즐기며 살라고 하셨을까요?

나는 아빠의 마지막 순간을 함께하지 못했으니까
당신의 마지막 말이 아직도 늘 궁금합니다.

7월 12일은 아버지의 기일입니다. 2019년에 돌아가셨으니 아버지께선 코로나19가 없는 세상에서 살다 가셨죠. 또 제가 출연했던 〈강철부대 2〉라든가 이 책의 존재 또한 모르시고 떠나셨습니다. 제 본업은 스포츠 캐스터입니다. 그중에서도 골프 중계를 담당하고 있죠. 대회가 통상 4일간 열리고 전날에 골프장을 답사하기 위해 출장이 시작되니 4월부터 11월까지는 일주일 중 평일 이틀을 쉬고 5일 내내 외지에서 생활합니다.

그날은 출장 전날이었는데 선수들 기록을 정리하느라 늦은 밤까지 집에서 컴퓨터로 작업을 하고 있었습니다. 새벽 1시쯤 아버지께서 불편한 몸을 천천히 이끌고 거실로 나와 보시더라고요. 그리고 말을 거셨습니다.

"공부하니?"

시간도 늦었고 다음 날 일찍 현장으로 가야 했기 때문에 짧게 대답했습니다. "응, 내일 출장이라 자료 만드느라고."

아버지께선 무언가 더 말을 건네려 하셨지만, 혹여나 아들에게 방해될까 하고 싶은 말을 줄이고 방으로 들어가셨습니다. 분명 그리 느꼈지만, 아버지께 말을 더 걸지는 못했습니다.

다음 날 새벽 캐리어를 챙겨서 나가려고 하는데 아버지가 또 나와 보시더군요. 아버지께선 암 투병 중이셨기 때문에 침대에서 좀처럼 일어나지 않으셨는데 이른 새벽부터 저를 배웅해 주시는 겁니다.

"언제 오니?"

골프를 중계한 지 2년짼데 저는 조금 의아했습니다.

"아빠, 새삼스럽게. 저 일요일 날 방송 끝나고 오죠."

그랬더니 아버지께서 이렇게 말씀하시더라고요.

"아이고, 그럼 많이 기다려야겠구나."

제가 들은 아버지의 마지막 말이었습니다.

저는 출장지로 떠났고, 첫날 경기를 마무리 지은 그날 저녁 아버지가 위독하시단 얘기를 들었습니다. 당시 차도 없었고 저 대신 방송을 해 줄 캐스터도 없었던지라 발만 동동 구르고 있었는데 1시간 뒤 아버지가 돌아가셨다는 이야기를 들었죠.

어머니께 전해 들은 아버지의 마지막 말은 "아이고, 황중이는 못 보고 가야겠네." 였습니다.

한 달 동안 펑펑 울었습니다. 방송도 그만둬야겠다는 생각까지 했었습니다. 단 한 번만이라도 아버지를 다시 보고 싶다는 생각으로 하루를 시작하고 하루를 마쳤었습니다.

그렇게 45일쯤 지났을 때 꿈에 아버지가 나왔습니다. 아버지의 임종 순간에 제가 아버지 옆에 있더군요.

"아빠, 죽지 마. 아빠 없으면 나 앞으로 어떻게 살아?"

아버지가 대답하셨습니다.

"어떻게 살긴 뭘 어떻게 살아. 즐겁게 살아."

정말 선명한 꿈이었습니다. 그 뒤 "즐겁게 살아."라는 말이 제 가슴속 아버지의 유언이 되었습니다. 다시 방송도 열심히 할 수 있었고 살아갈 힘을 얻은 기분이었죠.

이따금 궁금합니다. 제가 이렇게 열정적으로 방송을 하고 공부도 하고 책도 낸 모습을 보면 아버지께서는 무슨 조언을 해 주셨을까요? 또 아버지께서 저에게 마지막으로 해 주고 싶은 이야기는 정말 무엇이었을까요? 지금도 그리운 것은 사실이나 중요한 건 살아생전 아버지께서 제게 주신 사랑은 아직 제 가슴속에 여전히 살아 있다는 것이겠죠. 소중한 사람과의 이별. 특히 부모님과의 이별은 정말 예고 없이 찾아오는 것 같습니다. 있을 때 잘하라는 말이 괜히 나온 게 아니죠. 오늘은 부모님께 "사랑합니다." 말 한마디 꼭 전해 주세요. 저는 아버지께는 기도로 대신하고 어머니께는 오늘 사랑한다고 꼭 전해 드리려고요. 오늘은 아버지 기일입니다.

## 눈물

눈앞이
일렁여
무엇인가
했건만

그토록
견뎌내려
사력을
다했던

기피해온
생각과
모면해온
느낌들

엎질러진
감정에
터져나온
아픔이

하찮은
늪으로
방울꽃
피울 때

난생처음
눈물에
감사함을
느꼈다

## 혼잣말

엄마의 혼잣말이 부쩍 늘었다
돌아가신 아버지도 그러셨다

홀로 하는 중얼거림이 아닌
누군가 들어 주길 바라는 말

걸고 싶은 말인데
걸 수 없는 말이기도 하다

쓸모없는 독백으로 치부했던 것이
요즘 나도 부쩍 늘었다

사람은 그토록 적적한 존재이다

적막한 대기를 뚫고 말이
별똥별처럼 우수수 떨어진다

말도 별도
그랬을 것 같다

통하지 않음에도
널리 마음을 열고
들어 주는 것만으로도

닿지 않음에도
넓은 하늘을 잠시
바라보는 것만으로도

말이 별이 되어 반짝인다
별이 말이 되어 재잘거린다

우리의 말이
혼자만의 말이 되지 않기를

서로를 잇는
우리의 별이 되기를

# 중년

삭신이 쑤신다
중년이다

안 아프면 청춘이게?
아프니까 중년이다

어릴 적 해 본 적 없는 가출을
중년이 된 지금
어찌 된 영문인지 정신이 대신한다

그래도 돌아가고 싶지 않은 젊음이여
살아 봤으니 남지 않은 미련이여

여행을 떠난다면 바다로 가고 싶다
바다는 늘 옳으니까

젊음보다 바다가 현실적인 거지

마음에 담은 추억들을 되새기며 살기에도
빠듯한 시간에게

청년들에게 건네는 나의 바람이여
노년으로 가는 길에 펼쳐진 하늘이여

세월은 사람의 마음보다
더 빠르게 변한다

푹 패인 주름살에 섭섭하고
축 처진 체력에 투정하며
갉아먹은 시간을 가여워한다

다시 그 순간을 소환시켜도
그때의 나는 이곳에 없다

제목, 라떼는 말이야!

# 덕분이와 때문이

덕분이와 때문이가 다퉜다

덕분이가 때문이를 덕분이라 했다
때문이도 화가 나 덕분이를 때문이라 불렀다

덕분이는 왜 때문이를 덕분이라 했을까?

시간이 지나

덕분이가 계속 덕분이라고
말하니 때문이도
덕분이를 결국 덕분이라 불러 주었다

그렇게 둘은 화해했다.

말 한마디라도 상대를 배려해 주는 사람이 좋아요. 제가 말하는 직업이라 더욱 그런지 모르겠지만 아마 여러분도 동의하시겠죠?

어떤 친구는 같은 일을 겪어도 누구 덕분이라고 말합니다. 또 다른 친구는 항상 누구 때문이라고 말하죠. 여러분은 어떤 친구와 더 가까이 지내고 싶으신가요?

너 때문에 힘들었다고 탓하는 사람과 네 덕분에 행복했다고 존중해 주는 사람이요. 당연히 후자겠죠. '덕분이'들은 우리에게 소중한 친구입니다. 그러나 '때문이' 친구들도 챙겨 주자고요. 언젠가 그들이 깨달아서 '덕분이'가 될 수 있도록 말이죠.

# 머리 식히기

가볍게 읽어 보자
나도 최대한 쉽게 쓰고자
다듬는 중이다
라면 물이 채 끓기도 전에
마무리하려 한다
바라만 봐도 편하고
사담을 나누는 것처럼
아주 술술 너에게
자연스레 읽히길 소망한다
차 한 잔 정성스레 주문하고
카페에서 가벼이 볼 수 있는 글
타인의 시선에서 벗어나
파도의 상냥한 물결과
하늘의 넉넉한 풍광과 함께
휴식이 되어 주는 글이길 바란다
끝으로 오랜만에 세로로 읽기 시리즈다.

## 하얀색

휴일 오후
꾸벅꾸벅 졸다가
글을 씁니다

잉크가 나오지 않아 종이에 자국만 남습니다

검정이 아닌 하양으로 써진 글입니다

추억도 원래 하얗습니다
감정이 색을 입히는 거지요

옮겨 적는 데 시간을 좀 들였습니다
오래 들여다볼 수 있어 좋았습니다

글도 사람도 추억도

## 산은 침묵하더라

이 산은
무엇을 이고 있기에
이토록 버거워하나

저 산은
무엇을 저버렸기에
그토록 무심한가

그 산은
무엇이 그립기에
그리도 젖어 있나

문산은
무엇을 물고 있기에
이름마저 '문' 산일까

그래서 산은
입을 굳게 닫고 있나 보다

눈이 덮여 버거웠나 보다
바람이 불어 무심했나 보다
비가 내려 젖었나 보다

오늘은 햇살이 비추는데도
산은 침묵하더라

일이 있어서 어머니와 함께 차를 타고 경기도 파주시 문산읍을 지나친 적이 있어요. 갈 때는 운전하느라 정신없었는데 올 때 제가 많이 피곤해 보였는지 어머니께서 운전을 하시겠다는 거예요. 저희 어머니는 한번 하겠다고 마음먹은 일은 절대적으로 하시기 때문에 저의 만류는 통하지 않았죠. 자식에게는 죄송함을 품게 하고 희생적인 어머니께서는 결국 운전대를 잡으셨습니다. 그런데 죄송함도 잠시, 몇 분이 지나니까 올 때는 보지 못했던 아름다운 풍경이 펼쳐져 있었습니다. 산의 웅장하고도 그윽한 모습이 제 눈을 단번에 사로잡았습니다. 2월에 산이라 푸른빛이 감돌기도 하고 한편으로는 외로워 보이더라고요. 조금 이상하다고 느끼실 수도 있지만 마음속으로 산과 대화를 시도해 봤습니다.

햇살이 따스한 오후였는데 눈과 바람, 그리고 비에 시달려서인지 마치 낮잠을 자듯 산은 고요했습니다. 여러분도 주변에 산이 있다면 오늘은 한번 물끄러미 바라봐 주시길 바라요. 저처럼 대화를 걸어 봐도 좋고요. 장담하는데요. 산은 분명 침묵할 겁니다.

# 꽃과 같은 하루

여느 때와 다름없는 평범한 토요일 아침, 지인의 결혼식 사회를 봐주고 다음 스케줄에 조금 늦어서 서둘러 예식장을 떠나려는데 누군가 저를 불러 세웠습니다.

"사회자님!" 뒤를 돌아보니 웨딩플래너님이셨어요.
"여기 꽃 남은 거 저희가 따로 포장했는데 하나 가져가세요."

오늘은 차도 놓고 오고 스케줄 중 들고 다니기 수고스러울 것 같아 정중히 거절하려 하는데 옆에 계시던 플래너님이 말을 이어 가셨습니다.

"사회자님이 너무 멋지셔서 따로 빼놓았어요!"

정중히 거절하려 했던 마음은 어느새 사라지고 저도 모르게 "와! 감사합니다!"라고 아이처럼 좋아하며 꽃을 들고 왔습니다.

입가에 피어난 웃음꽃과 함께 행복이 차올랐어요. 그리고 이 꽃을 전하고 싶은 사람이 떠올랐습니다.

그렇게 종일 애지중지 꽃을 모시고 다녔고, 해가 지고 나서야 일정을 마치고 집으로 돌아올 수 있었습니다.

어머니께서 저를 반겨 주셨죠. 그리고 저는 어머니께 꽃을 건네며 말했습니다.

"엄마! 엄마가 너무 아름다우셔서 따로 챙겨 왔어요." 어머니도 아이처럼 좋아하셨습니다.

누군가의 한마디로 기분 좋은 하루. 누군가를 생각함으로 행복에 겨운 하루. 꽃처럼 아름다운 한마디. 꽃처럼 아름다운 한 사람. 정말 꽃과 같은 하루였습니다.

## 참 재밌다

글을 쓰면 참 재밌다
이 글을 읽고 있는 당신도 그랬으면 좋겠다

작가라는 직업은 참 좋은 것 같다
나의 생각을 그대에게 전할 수 있으니

독자라는 위치는 참 좋은 것 같다
다른 이의 생각을 받아들일 수 있으니

얼굴을 마주하고 말로써 표현하는 것은 아니어도
글로써 하는 대화

지금은 일방통행과도 같은 소통이지만
어느 날엔가 쌍방향적인 대화가 되고 싶다

나의 생각은 충분히 표현했으니
너의 생각을 듣고 싶다

그날이 온다면 아마 우리의 수다는 멈추지 않을 것이다
당신도 나와 같다면

우연히 마주쳐 아메리카노 한 잔을 시켜 놓은 채
카페에서 3시간 정도 이야기를 나누고

이렇게 작별 인사를 하고 싶다

"자세한 얘기는 전화로 하자."

참 재밌겠다.

# 기침

저마다 다른 소릴 내지만
의지와 상관없이 뱉어 내는 고통

감추지 못하고 쏟아 내는 통증에
저린 가슴을 움켜쥔다

가시 달린 마른침이
윤기 없는 목을 타고 흘러든다

여윈 몸을 뉘어 보니
어렴풋이 떠오르는 옛 생각

# 통증

눈을 감아 보니
아픈 곳이 많다

그동안 잊고 지냈는데
사실 외면한 거더라

아픔을 느끼는 내 모습에
더 아플까 봐

철저히 꺼리고
피해 왔나 보다

아물어 새살이
날 줄 알았는데

흉터가 돋았더라

아직도 그곳이
콕콕 쑤시더라

## 청소

원인 모를
짓눌림에
헐떡이다

술렁이는 생각과
넘실거린 숨결을
가라앉혀 잠재우니

가슴 한구석 빈 공간
떠들썩한 절규와
울렁이는 눈물

함부로 내동댕이쳐진
처량한 감정의 응어리가
볼품없이 가득 쌓여 있었다

왜
나는
그토록

나를
격려하지
못했을까

아무리

쓸어 내고

닦아 내도

쉽게 거둬지지 않는 먼지들

모든 것을 외면하고 싶은 때가 있다

한 줄 문장을 읽는 것이
한마디 말을 넘기는 것이
체한 것처럼 가슴팍에 얹힌다

보이던 시야도 손수 눈을 가리고
들리는 소리에 알아서 귀를 막아
하려던 말조차 친히 입을 닫는다

삶에 짓눌려 줄어든 키처럼

울고 웃을 일도
해야 할 일도
함께할 이도 줄어들었다

일순간 마음이
와르르 무너져 버린 때

내가 걸어온 길이 초라해 보여
삶을 함부로 대하고 싶어졌다

차라리,
삶의 귀퉁이에서
잠들고 싶었다.

아니,
모퉁이는 돌아 나와
떠나고 싶었다.

그래도,
어제의 나를 버리면
오늘은 살 수 있을 것 같았다

그러면,
오늘의 나도 내던져서
내일을 갖출 수 있을 것 같았다

그런데 오늘은,

제목, 아무것도 하기 싫다

## 쓴소리

인간은 한없이 나약한 존재
작은 자극에도 쉽게 주의를 잃고
사소한 역경에도 쉬이 포기한다

황금과 쓰레기를 교환하는 삶

돈은 소중히 여기지만
건강에는 소홀하다

결국 번 돈을 다시
잃어버린 건강을 사는 데 사용한다

과거는 소중히 여기지만
현재에는 소홀하다

떠난 젊음을 그리워하는 데
지금의 젊음을 소비한다

어리석은 인간의 삶이 한 번뿐인 이유는
어차피 반복되는 현세의 삶처럼
삶의 기회가 생길지언정
우리가 바뀔 수 없다는 것을 아는
신의 지혜이다.

# 흑과 백

언제부터인지 정확히 기억나지 않지만

우리는 흑과 백
이분법적 사고로 세상을 바라보게 된 듯하다
회색의 존재를 간과하고

흑과 백이 섞여 회색이 만들어지지만
회색은 흑도 백도 아니라 한다
엄연히 둘 다 그 안에 있음에도 불구하고

흑과 백만 강조하니
파랑도, 빨강도, 초록도
잊힌 시간을 보내고 있다

나와 다른 색을 배척하는 공간
다름을 틀림으로 바라보는 눈길

너와 나 말고 우리가 되었으면 좋겠다
누군가에게는 이 또한 존재하지 않는
무지개 정도로 받아들여질까 두렵다.

## 장바구니

엄마 손을 잡고
들뜬 걸음을
재촉하던 어린 시절

갖고 싶은 것이 많아
많은 것을 넣고
또 많은 것을 빼냈다

고심 끝에
결의에 찬 표정으로
정성스레
하나를 주워 담는다

돌아와 보니

그것마저
욕심인 것을

지금 와 보니

아직도
수많은 것을
담아내고 있다

가쁘지만 다시금
비워 내야 한다.

## 시선

좋았다
관심이기에

의식했다
평가이기에

두려웠다
기대이기에

극복했다
비워 냈기에

그로써
내가 되었다.

# 이어폰

무엇을 듣고 있냐 묻는다면
아무것도 듣지 않는다 답한다

가끔은

아무것도 듣고 싶지 않은 순간이 있다
방해받고 싶지 않은 시간이 있다

너의 소음이 나를 삼키지 않도록

궁금하지 않은 너의 얘기를
애써 들려주는 너를 외면한다

지금까지 참아 온 나를 위해
끝까지 마른침을 삼켜 본다

왜 그리 소란스러운지
이어폰을 조금 더 깊숙이 끼워 본다.

어머니와 오랜만에 외식하던 날, 옆 테이블에 앉으신 분들께서 굉장히 큰 소리로 대화를 주고받으셨죠. 정말 눈살이 찌푸려질 정도로 큰 소음이었습니다. 마치 본인들의 얘기를 주변인들에게 들려주고 싶어 하시는 것 같았어요. 평소 둔감한 편인 제가 느낄 정도였으니 다른 분들은 오죽하셨을까요? 결국 주변에 있던 한 분이 종업원께 조용히 시켜 달라고 부탁을 드렸습니다. 종업원께서 그 말을 전하니 도리어 화를 내시더라고요. 저도 한마디 거들고 싶었지만 일이 더 커질까 꾹 참고 밥을 허겁지겁 먹고 어머니와 함께 자리에서 일어났습니다.

이날은 소음으로부터 어머니와의 시간을 방해받고 싶지 않았지만 사실 저는 일과 헬스장, 집이 주 활동 무대이기 때문에 소음에 크게 노출될 일은 없습니다. 그나마 소음이라고 한다면 헬스장에 나오는 음악 정도인데 가끔 조용히 운동하고 싶을 때 음악은 틀지 않고 이어폰을 마치 귀마개처럼 사용하면서 알게 되었습니다.

혹시 여러분도 이런 기분을 느끼신 적 있으세요? 모든 것과 철저하게 격리된 하루를 보내고 싶은 날이요. 누구의 방해도 받지 않고 혼자만의 시간을 갖고 싶은 것이죠. 그럴 때면 핸드폰도 잠시 멀리하고 이어폰만 꽂습니다. 그럼 아무리 소란스러운 장소에서도 철저하게 격리된 나만의 시간을 활용할 수 있습니다. 이어폰 안에는 아무 노래도 흘러나오지 않지만 머릿속 다양한 생각으로 만들어 낸 선율은 음악 이상으로 아름답습니다.

여러분도 여러분의 시간을 온전히 사용하고 싶을 때 이어폰을 꽂아 보시길 추천해 드립니다.

## 종이 빨대

남을 위해 탄생한 내게
사람들은 제 일을 못 한다 말한다

빨릴 대로 빨려 흐물거린 내게
쓸모없다 불평을 쏟아 낸다

연약한 몸 녹아
버티지 못한 나를

아무도
생각해 주지 않지만

처참히 버려지고
곤두박질쳤던 나는

결국 다시
나로 태어난다

남을 위해 탄생한 내게
사람들은 제 일을 못 한다 말한다.

# 똥

쌓아 온 것을 누려는 마음
모든 것을 만족시키려는 욕심보다

담아 온 것들을 쏟아 내는 안간힘
견뎌 낸 것들을 무너뜨릴 용기

청산되지 않은 삶의 찌꺼기
누가 더럽다 손가락질할 수 있을까?

## 무기력의 끝자락

한낮에 길을 걷다가
발걸음을 멈추었다

어디로 가야 할지 몰라
기약 없이 서 있었다

잠시 두 눈을 감아 낸다

오랜 시간 생김새를 잃은 일렁임
흐릿한 안개에 가려 갈 곳을 잃었다

때때로 찾아오던 슬픔이
외로움이 되어 머물렀나 보다

내 안에서 부서진 조각들이
매달려 가까스로 붙들려 있다

제각각 찢기어진 열의는
꿰매어질 리 전무하다

그래도 가만히 두어 본다

더 이상 깨어질 것도
발기어질 것도 없는 지금

스스로 다시 보태어 갈
힘이 생길 때까지

## 17시 59분 50초

일 끝나고
이제야 집에 왔다
삼각김밥 몇 개
사서 들어왔다
오늘은 정신과
육체가 모두 지쳐
칠칠맞게 밥풀을
팔뚝에 톡 떨궜다
구석으로 데구루루 향하는 밥풀
십중팔구 사람의 형상이었다
밥알도 제 일이 지쳐
퇴근하려는 모습을 보니
근근이 고단함에서 벗어나고 있는 나와 닮았다
이상하리만큼 세상살이 참으로
다 똑같나 보다.

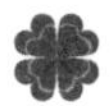

그렇죠? 세상살이가 참 다 비슷하죠? 여러분도 그렇게 느끼시나요? 이 글의 제목은 퇴근 10초 전이기도 합니다. 각 줄의 첫 번째 글자! 아시죠? 세로로 읽기 시리즈예요.

# 야근

끝없는 밤, 모니터 불빛 아래
책임감이란 명목하에
하나, 둘 늘어 가는 시간들

피로 한 모금 물고
깊은숨 내쉬니
은은하게 퍼진 달빛

창틀에 번진 수심마저
보랏빛 물결에
흩뿌리어 가라앉다

가라앉은 마음
떠오르는 생각

가야 된다는 생각
떠나지 못하는 몸뚱이

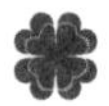

마침표를 찍지 못한 글이네요. 글에서는 아직 야근이 끝나지 않았으니까요. 이상하게 같은 시간이라도 야근은 참 끝날 것같이 끝나지 않는 것 같아요. 일하다 보면 누구나 야근이 있기 마련이잖아요. 분류를 '제4장 위로를 드립니다'로 한 이유도 이제까지 해 온 초과 근무들, 앞으로 해야 할 야근까지 미리 이렇게 해설로 위로를 드리고 싶어서였습니다. 이제껏 고생 많으셨습니다. 앞으로도 계속 힘내 봅시다.

그런데 글보단 치킨 한 마리가 더 위로될 것 같네요.

## 라면

밤이면 떠오르는 라면

공부를 열심히 했더라면
주어진 기회를 잡았더라면
내가 조금 더 젊었더라면
당신을 놓치지 않았더라면

먹고 나면 남는 것은 후회뿐인데
오늘 밤도 어김없이 생각의 물을 끓인다.

## 소주

무색투명한 네가
물이라 생각해

가벼이 삼켰던 어린 나는
무거운 잠에 들어야만 했다

성인이 되어
재회한 너는

추억을 선물했지만

저렴하나
비싸기 그지없었다

매우 쉬웠지만
무척 어려웠다

그런 네가
이제 부드러워진 이유는
내가 거칠어졌기 때문이다.

## 새벽 두 시 반

새벽 공기에 철저히 갇혀 버린 시간
시간의 틈 안으로 오로지
혼자라는 객체로 존재하는 순간

무엇을 잃어버린 줄도 모르고
하염없이 헤매이다

눈꺼풀이 맞닿아야 찾아오는
어둠을 향한
기약 없는 기다림

간신히 찾아온 어둠이
오두막집 벌건빛이 눈부셔

손님 머물 방엔 가지 못해
내 빈방에 머무는데
그런 줄 모르고 오해와 원망으로 물들어 가는 새벽

나로서 오롯이 존재하는 시간
새벽 두 시 반

어느덧 분침이 다시 절반을 달려
시침과 만날 채비를 하다
영영 이루지 못하는 잠, 꿈꾸지 못하는 밤

시간의 갈림길 위에서 덩그러니 바라보는
혼자만의 새벽이여

초기에 프리랜서 아나운서라는 직업만으로 생활이 어려워서 트레이너를 병행했습니다. 새벽 4시 30분에 일어나 오전 6시까지 헬스장에 출근했고 중계방송 일정까지 끝내고 집으로 돌아오면 밤 12시 정도라 다음 날 출근을 위해서 강박적으로 빨리 자려고 노력했습니다. 그 영향으로 나름 규칙적인 삶이 몸에 배어 있는데요. 밤 12시면 잠들고 늦어도 8시에는 기상하는 습관이 지금까지도 있어요. 그리고 현재 담당하고 있는 골프 중계는 현장으로 출장을 나가기 때문에 매주 잠자리가 바뀝니다. 잠자리를 가리는 분들은 매우 힘들 수 있는 환경이지만 저의 장점 중 하나는 아무 곳에서나 잘 자는 거라 큰 문제 없이 만족하며 일하고 있네요.

그런데 누우면 자는 제가 최근 며칠 동안 새벽 2시 30분까지 잠을 못 이뤘습니다. 글에서 말한 새벽 두 시 반의 오두막집 벌건빛은 제 마음의 빛입니다. 내면의 어둠이 내려와야 잠을 청할 수 있는데 마음속 불빛이 너무 밝았고, 처음에는 찾아오지 않는 어둠을 원망했습니다. 어쩌면 지나온 과거에 대한 후회와 원망이었는지도 모르죠. 하지만 모든 것은 오해였습니다. 문제는 생각의 불을 밝히고 있는 저에게 있는 것이었죠. 결국 어둠은 제 마음속에서 갈피를 잡지 못하고 빙빙 맴돌다 제가 누워 있는 빈방에 자리 잡았습니다. 제가 누워 있는데 왜 빈방이냐고요? 제 육체는 분명 방에 있었지만 마음은 다른 곳에 머무르고 있는 것 같았거든요.

하지만 가끔은 잠 못 이루는 새벽도 의미 있다고 생각합니다. 온전히 나에게만 집중할 수 있는 시간이거든요. 하루 중 우리는 많은 것에 시달립니다. 일에 치이고 핸드폰에 속박되고 시간에 쫓깁니다. 불현듯 찾아온 불면증은 어쩌면 잠시라도 나를 바라봐 달라는 자신을 향한 외침은 아닐까요? 정확히 어디에 불이 켜 있는지 알아야 그 불을 끌 수 있기에 나를 면밀하게 살펴보는 시간은 정말 소중합니다.

어느덧 분침이 다시 절반을 달려 시침과 만날 채비를 합니다. 쉽게 말하자면 2시 반에서 분침이 절반을 달려왔으니 3시가 되었고, 곧 3시 15분쯤 될 것 같습니다. 이대로 영영 잠에 못 드는 것은 아닐까 걱정될 만큼 오늘은 유난히 말똥말똥하네요.

이 문장부터는 다음 날 아침에 일어나서 쓴 내용입니다. 오해와 원망의 물감으로 물들어 가는 새벽, 도화지를 잠시 접어 두니 잠은 찾아왔고 곧 아침이 밝더군요. 사실 영영 오지 않는 잠은 없다는 거 다들 아시죠? 오늘 밤에는 또 근심과 걱정이라는 녀석들이 온다고 하던데, 삼 일 밤을 꼬박 새웠으니 오늘 말고 다음에 보자고 해야겠네요.

# 고생했어

고된 하루이다 오늘도
고된 하루였다 오늘도

어제는 그랬다
내일도 그럴 거다

너도 그랬을 거야
나도 그랬으니깐

때론 광활한 우주에
나 홀로 서 있는 기분이 들어

얼굴은 웃고 있는데
마음이 우는 기분 있잖아

분명 잘하고 있는데
잘해 왔는데
정말 잘하고 있는 건지
의심이 드는 순간이 있잖아

가슴이 답답하고
때론 먹먹하고
풀어낼 수 없을 것 같은
그런 순간이 있잖아

근데 있잖아

고생했어
고생 많았어

그리고
여기까지 잘 왔어

너는 알고 있잖아
여기까지 찾아온 날

나도 알고 있잖아
여기까지 함께 온 널

현재의 나에게
미래의 너에게

고생했어
정말

오늘이 쌓여서 내일이 되고, 내일은 오늘을 어제로 만들죠.

하루 중 힘든 순간들이 있고 어제도 그랬을 거고 내일도 그럴 겁니다. 하지만 우리는 누구보다 잘 알고 있잖아요. 우리가 오늘을 어떻게 살았는지 말이에요. 그래서 오늘이 소중한 거 아니겠어요? 그러니까 현재의 나에게 고생했다는 말 한마디 전하고 싶습니다.

내일이 되면 과거의 나한테 하는 말인 동시에 아직 마주하지 못한 미래의 '나'이자 또는 '너'에게 하는 말이기도 하죠.

받는이. 미래의 나에게

너는 지금 어디쯤을 걸어가고 있을까?
그게 어디라도 좋아!
어디면 어때?
거기까지 가느라 참 고생했어.

보내는이. 오늘의 나로부터

여러분도 오늘 하루 고생한 자신에게, 그리고 이제까지 고생해 온 나에게, 앞으로도 고생할 나에게 지금 이 순간 꼭 한번 칭찬해 주세요. 참 고생 많았다고요.

## 너를 찾아 삼만 리

심마니는 삼을 캐러
온종일 산을 휘젓고

글쟁이는 시를 따려
종일 휘적거린다

산이 좋아 산을 오른 심마니
글이 좋아 글을 내린 글쟁이

오르고 내리길
거듭하다 난데없이
폴싹 주저앉네

기력이 달리고
필력이 모자라
털썩 엉덩방아를 찧었네

부딪히며 욕심이
잘게 빻아졌네

주저앉아 곱게
가랑잎을 덮어 보네

산에 부는 바람도
글에 담긴 바람도

가랑잎에 서 있는
흙이 되었네

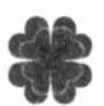

처음에는 단순히 좋아서 글을 쓰기 시작했던 것이 어느새 일이 되어 버린 기분이었죠. 책을 내기 위해, 분량을 맞추기 위해 만들어진 글은 '내 새끼' 같은 느낌보단 공장에서 찍어 낸 '제품' 같은 느낌이었습니다. 창밖을 내다보다 하루가 지났습니다. 밖을 걷다 일주일이 지났습니다. 다시 책상 앞에 앉기 위해 한 달이 지났습니다. 결국 그 안에서 아무것도 찾지 못했어요. 그렇게 글을 잊고 지내 온 날들이 얼마나 되었을까요? 노력했을 때는 그토록 써지지 않던 글이 우연한 계기로 풀려 이어집니다. 뜻밖의 해답을 심마니에게서 찾았습니다.

이정표도 없이, 없는 산길을 일구어 우리에겐 보이지 않는 산초의 가치를 심마니분들은 찾아내죠. 산이 깊어질수록 산을 느끼고 바람이 진해질수록 바람을 느낀다고 하던데요. 그렇게 흘러가다 산삼이라도 마주치면 감사함에 절부터 하고 "심 봤다." 이름 모를 누군가에게 고백한 뒤 살살 손가락으로 뿌리 끝부터 작은 실뿌리조차 생채기 없도록 정성을 다해 산삼을 캐냅니다. 그리고 산을 내려가죠. 심마니는 딱 산이 내어 준 만큼만 거둡니다.

때론 간절함이 독이 되는 경우가 있습니다. 간절함은 욕심을 만들기 마련이고 욕심이 생기면 무리하게 되죠. 결국 욕심은 세상 이치에서 나를 벗어나게 만듭니다. 그러면 신은 우릴 배려해 그 무엇도 내어 주지 않습니다. 욕심만 조금 덮어 두면 흙에서 피어나는 무한한 가능성처럼 새로운 시각으로 다양한 기회가 펼쳐집니다. 글을 쓰며 배웠습니다.

## 고백

나도 모르게 내 생각이
와르르 무너졌었네
결코 누구도 사랑하지 못하고
혼자일 것만 같았는데
하루를 너로 시작하고
자연스레 너로 끝내는 것이
평생 가장 큰 기쁨이 될 줄이야
생각해 보니 너를 만난 건
행운이고 다시 없을
복에 겨운 일이야
하늘이 내게 주신 선물인 네게
자신 있게 말하고 싶어 세로로 읽어 줘

## 초승달

밤하늘 초승달 구름 위 걸려 있다

검푸른 솜사탕에 손톱자국

해는 들어가 내려앉은 어둠인데
유난히도 명석한 겨울의 밤

빤히 바라보니 부끄러워 초승달
구름 이불 덮고 숨어 버렸다

그래서 그렇게
유난히 붉었나 보다

한참을 찾다가
무심히 돌아 걸어가니

어느새 구름 밖 고갤
내밀며 환히도 웃는다

다시 너와 마주한다면
내 마음 너와 함께 걸어 놓고
지금처럼 이 길을 걸어가리

## 눈발

눈이 내린다
참으로 오랜만에 보는 아름다운 눈이다

눈이 나에게 앉는다
내 어깨를 타고 가슴까지 스며든다

온 세상이 하얗다
세상은 눈과 나만 존재한다

모든 것을 눈에 담는다
그 찰나의 순간도 잠시

이내 눈이 눈 안에 자리 잡아
뜨겁게 흐른다

거짓말처럼 눈은 그친다
그리고 눈이 발에 내려앉는다

눈도 잠깐 쉬려나 보다
이렇게 아름다운 눈발을 다신 볼 수 없을 것 같다

추운 겨울이다
기약 없는 기다림을 해 본다.

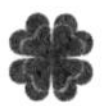

사랑인가 봐요. 사랑도 갑작스럽게 내려와 내 눈 안으로 그대가 들어오죠. 그렇게 그치지 않을 것 같은 사랑도 멈추는 순간이 찾아오더라고요. 모든 것이 찰나의 순간이더라고요. 사랑이 그치면 잠시 내려놓고 한 번의 휴식도 필요한 것 같아요. 그래야 다시 사랑이 내릴 때 아름다운 줄 알기에. 그 뒤 찾아오는 눈발을 두려워하지 말아요. 교통이 불편하다고 옷을 적신다고 투정만 부리지 말자고요. 눈발은 그냥 그 자체일 때 아름다운 법이니까요.

## 지지 않는 꽃

꽃이 아름다운 건
지기 때문이라 생각하여

피어 있는 동안
더욱 격하게 바라보았지

어여삐 핀 꽃을 꺾지 못하고
피어 있는 자리로 매번 찾아가
긴 시간 멀뚱히 바라만 보았지

결국 겨울이 찾아와 꽃은 지고
꽃 피는 봄을 하염없이 기다렸지

너라는 꽃이 이번 봄에 찾아온다면
너는 꼭 지지 않았으면

## 사계절

봄을 그대와 함께하고 싶다

봄을 품고 피어난 꽃잎처럼
봄을 안고 태어난 바람처럼
우리의 사랑도 만개하여
나비가 날아간 자리 남겨진
향기를 그대와 맡고 싶다

여름을 그대와 함께하고 싶다

태양 아래 타들어 가는
삶을 빠져나와
한 가닥 실오라기만으로
나를 감추지 않아도 되는
상상을 그대와 나누고 싶다

가을은 그대와 함께이고 싶다

더없이 철들어 새빨갛게 배어난
단풍잎도 이별 태세를 갖추고
벼는 고개 숙여 작별을 고한 뒤
논을 떠나 결실을 맺는
고독을 그대와 느끼고 싶다

겨울은 그대와 함께이고 싶다

순결을 지닌 눈꽃이 세상에 내려와
발자국마저 자취를 감춘
가냘프나 곱디고운
순백의 종이 위
이 시를 그대와 마시고 싶다

그렇게 한평생
사계절을 함께이고 싶다.

## 작별

책을 쓸 수 있음에 감사했다.

책을 낼 수 있음에 감사했다.

책을 읽어 줌에 감사하다.

마지막 장을 덮어 줌에 감사하다.

나의 세계가

그대로 인해 넓어졌다.

그로 인해

행복하다.

나로 인해

그대도 행복했다면

앞으로도 행복했으면

감사할 것 같다.

# 이 책을 드립니다

**1판 1쇄 발행** 2023년 10월 31일

**저자** 김황중

**교정** 주현강 **편집** 문서아 **마케팅・지원** 김혜지

**펴낸곳** (주)하움출판사 **펴낸이** 문현광

**이메일** haum1000@naver.com **홈페이지** haum.kr
**블로그** blog.naver.com/haum1000 **인스타그램** @haum1007

**ISBN** 979-11-6440-447-6 (03810)

좋은 책을 만들겠습니다.
하움출판사는 독자 여러분의 의견에 항상 귀 기울이고 있습니다.
파본은 구입처에서 교환해 드립니다.